国家出版基金项目
NATIONAL PUBLICATION FOUNDATION

中國文藝變遷論

張世禄◎著

山西人民出版社
山西出版傳媒集團

圖書在版編目(CIP)數據

中國文藝變遷論／張世禄著．－太原：山西人民出版社，2014.12
（近代名家散佚學術著作叢刊／許嘉璐主編）
ISBN 978-7-203-08694-9

Ⅰ．①中… Ⅱ．①張… Ⅲ．①中國文學－文學史研究 Ⅳ．①I209

中國版本圖書館CIP數據核字(2014)第205870號

中國文藝變遷論

主　　編　許嘉璐
著　　者　張世禄
責任編輯　梁晉華

出 版 者　山西出版傳媒集團·山西人民出版社
地　　址　太原市建設南路21號
郵　　編　030012
發行營銷　0351-4922220　4955996　4956039
　　　　　0351-4922127(傳真)　4956038(郵購)
E-mail　sxskcb@163.com　發行部
　　　　　sxskcb@126.com　總編室
網　　址　www.sxskcb.com

經 銷 者　山西出版傳媒集團·山西人民出版社
承 印 廠　山西出版傳媒集團·山西人民印刷有限責任公司

開　　本　700mm×970mm　1/16
印　　張　10.5
字　　數　100千字
印　　數　1—3000冊
版　　次　2014年12月　第1版
印　　次　2014年12月　第1次印刷
書　　號　ISBN 978-7-203-08694-9
定　　價　23.00圓

《近代名家散佚學術著作叢刊》編委會

出版説明

近代名家散佚學術著作叢刊選取一九四九年以後未再刊行之近代名家學術著作共一百二十册，編例如次：

一、本叢書遴選之著作在相關學術領域具有一定的代表性，在學術研究方向、方法上獨具特色。

二、爲避免重新排印時出錯，本叢書原本原貌影印出版。影印之底本皆經專家組審定，原書字體大小、排版格式均未做大的改變，原書之序言、附注皆予保留。

三、本叢書分爲八大類，以作者生卒年編次。

四、爲使叢書體例一致，本叢書前言後記均采用繁體字排版。

五、個別頁碼較少的版本，爲方便裝幀和閱讀，進行了合訂。

六、少數學術著作原書内容有個別破損之處，編者以不改變版本内容爲前提，部分進行修補，難以修復之處保留缺損原狀。

七、原版書中個别錯訛之處，皆照原樣影印，未做修改。

八、所選版本之抽印本頁碼標注，起始至所終頁碼均照原樣影印，未重新編排標注新頁碼。

由於叢書規模較大，不足之處，殷切期待方家指正。

總序一

披沙瀝金，以爲鏡鑒

◇ 許嘉璐

多年來有一個問題始終在我腦中盤桓：爲什麼在十九世紀末到二十世紀初，在短短的幾十年裏，中國的各個學術領域竟涌現了那麽多大師級的人物？這是中國近代史上一個極爲重要的現象，我認爲，如果不能給出令人滿意的答案，我們撰寫的近代學術史將是不完整的，甚至是缺乏靈魂的。後來我知道，著名人類學家克羅伯曾提出過一個問題：爲什麽天才成群地來？看來這種現象的出現並非中國所獨有，思考其所以然的也大有人在。而在那一次世紀之交中國的情况，似乎應驗了「天才成群地來」這個令克氏久久不解的疑問。錢學森先生曾從相反的方向提出了相同的疑問：爲什麽我們這個時代出現不了杰出人才？後來人們稱這個問題爲「錢學森之謎」。

要回答這些疑問不是件容易的事。與其迅速地囫圇地探尋，不如先多了解那些讓中國近代學術（應該包括人文科學和自然科學）史上閃耀着光輝的大師們的作品和自述，從而在腦海里盡量「復原」他們所處的環境和在那種環境下的心理路徑，從中或許可以得到一些啓示。

有一點是顯然的，這就是他們雖然都已遠離塵世而去，但是他們獨立思考的品性、求知治學的真誠、困厄窮愁中對節操的堅守，恐怕是他們共同的主觀因素，一直影響到現在，而且將會永遠留存下去。

就思想界、學術界而言，二十世紀上半葉是一個新説和舊説碰撞，中學和西學融匯的大時代。那時的學人極爲重視言行操守，同時具備現代知識分子的理想信念；他們的學術研究十分純净，絶少功利因素；他們的視界開闊，以包容的心態和嚴謹的風格造就了成果的大氣與厚重。至於在客觀因素一面，他們實際是在用工業化時代的事實解説着太史公所説的名山之作「大抵聖賢發憤之所爲作」，困厄苦難使得他們「皆意有所鬱結」。這種鬱結，幾乎和個人的名利毫無牽涉，他們永遠不能釋懷的，是民族的存亡、國運的興衰、民衆的福禍和文脈的續斷。

那個時代也是近代歷史上最大規模的中西古今學術調適、創新的時期，學術方法上的交互滲透和融合、創新亦可謂「於斯爲盛」。斯時之學人是要在封閉的屋墻上鑿出窗子的勇士，是使人能够看看外部世界的第一批導夫先路者；或者可以説，他們是在「意有所鬱結」時「彷徨」和「吶喊」的「狂人」。

相對於那時的哲人們，後來者是幸運兒。現在的形勢是，近三十年來學界空前繁榮，衆多學科有了長足之進，其中很重要的一點是學界有了更新穎、更廣闊的國際視野，似乎接續上了百年前的學壇盛事。但細想想，「古」與「今」還是有差别的。其异，主要不在於世界情勢、學術進展、工具改善這些客觀存在，而在於在廣泛吸收各國優長的同時，自身文化的主體性越來越受到重視，换言之，「拿來主義」已經延長了「拿來」的程序，加上了試用、甄别、篩選、吸收、融合、成長。就我孤陋所見，在當今地球上，面向所有異質文明，努力汲取我之所缺，其範圍之大和心態之切，似乎無出中國之右者。從這個角度説，我們已經超越了前輩。但是事情還有另外一面，學術，特别是人文學科，其職業化、「沙龍化」和功利性，以及隨之而來的浮躁病却嚴重了。從這個角度説，是不是我們已經後退得够可以的了？而這是不是我們這個時代出不了大師的原因之一呢？

民國學術界的特點之一是極爲注重對傳統的反省、批判與繼承。他們對傳統文化盡最大的努力進行整理和研究。一方面，由於戰亂頻仍，民不聊生，學者們擔起了讓中華文化薪火相傳的歷史責任；另一方面，他們要通過對中國傳統文化的整理，挖掘來重振民族自信心。這一時期對傳統文化進行整理的全面而深入是前所未有的，舉凡文字學、語言學、經濟學、法學、哲學、政治制度、書法繪畫、金石學……規模之宏大，研究之精微，令人嘆爲觀止。

民國學術推動了現代學科體系的建立。在對傳統文化整理和研究的基礎上，吸收西方的文化思想和理念，推動和建立了中國現代學科體系。例如，在對語言文字和音韵學成果進行整理、研究的基礎上開始着手規範之，建立了國語學；深入研究書法、國畫，將其融入了現代美術學科；在廢除舊有學制後逐步建立起小、中、大學較完整的科目和學科體系。

民國學術也改變了傳統學術方式，建立了新的研究範式。以現代科學考古爲發端，科研的實踐和成果使中國知識界真正認識到在實驗、比較基礎上的邏輯分析對學術研究的重要，推進了中國學術的一大演變。至於我們常説的打破士大夫傳統、走出書齋到田野鄉村和市民中進行調查研究、結束了經學時代、以歷史眼光檢視儒學和諸子等等，都是確立新學術範式的努力。這一轉變，也標誌着中國學術界脱胎换骨，全面進入了現代，爲此後的學術發展奠定了堅實的基礎。當然，西方啓蒙運動以來，在「現代性」和「現代化」裏潛伏着的缺陷和謬誤也傳到了中國，這些不能不在前哲的著作裏留下痕迹。這並不奇怪。類似的情況，古往今來孰能免之？猶如今天的我們，誰敢自稱我之所見就是永恒的真理？在這個問題上兩個時代所異者，或許就在昔時大家創立新説或譯註西學著作，往往是懷着對學術和前哲的敬畏而爲之，故而常常誤不在我；當今則往往出於對學問和他人的輕蔑，或以所研究的對象爲謀己的工具，因而難辭主觀之咎吧。翻閲他們的心血之作，這些復雜的狀況可以顯見，可以視之爲我們的一面鏡子。

滄海桑田，世事變幻，歷史的動盪和時代的遮蔽，使當年許多大師的一些極有價值的學術著作被棄於故紙堆中，不能不令人有遺珠之憾。爲此，山西人民出版社不惜以數年之艱辛，披沙瀝金，編輯出版這套近代名家散佚學術著作叢刊，凡一百二十册，計文學、史學、政治與法律、美學與文藝理論、民族風俗、宗教與哲學、經濟、語言文獻共八大類別。所選皆爲作者之純學術著作，無論是其見解、精神，抑或是其時代烙印，都是後輩學人可資借鑒的寶貴財富。他們出版這套叢書，意在讓世人不忘來程，知篳路藍縷之不易，爲民族文化的傳承再增薪木。

出版社的初衷，與我近年來所思所慮近似，故願略述淺見於書端，以與策劃者、編輯者和讀者共勉。

二〇一四年七月六日

改定於自安東回京途中

前言

◇趙勇

近代名家散佚學術著作叢刊的「美學與文藝理論」卷所收著作，僅掃描其書名，便可看出它們五花八門，往往指涉着更專門的學科。而把它們歸攏到「美學與文藝理論」的名目之下，我想大概是因爲它們的理論味更濃一些吧。

只是，要爲這一堆或中或西，或論詩或談曲或說戲的書作序，其難度不可謂不大。筆者并非音樂、美術、戲曲等方面的研究專家，只能說是對美學與文藝理論略知一二。於是便只好采用笨辦法，先認真讀書，再查閱相關資料，然後依次寫出一點讀後的感受來。

讓我們先從呂澂先生說起。

呂澂後來是以研究佛學而著稱於世的，但他早年對美學卻頗爲用心。一九一五年留日歸國後，他曾在上海美術專科學校任職兩年，此間結合教學，他便編撰了多種美學、美術著作，計有美學概論、美學淺說、現代美學思潮、西洋美術史、色彩學綱要等（注一）。美學淺說就是他這一時期的研究成果。

美學淺說共四十五頁，可謂一本名副其實的小冊子。作者從「現代的美學和從前的美學」談起，梳理現代美學的源泉，思考現代美學的分歧點和統一點，進而確認何謂美感，何謂藝術品。而最終的落腳點則是「藝術與人生」。

從全書的架構看，作者顯然更看重現代美學。而所謂現代美學，既是從斐赫那（Fechner，今譯費希納）開始、注重經驗事實的實驗美學，也是栗泊士（Lipps，今譯立普斯）等人所開創的心理美學。前者有感於「由上的美學」太懸空，便從基礎的實驗工作做起，重視「黄金截」（Golden Section，今譯「黄金分割」），從而形成了「由下的美學」。而後者則更看重美學的心理學依據——「感情移入」（empathy，今譯「移情」）。可以看出，呂澂對於「感情移入」是極爲重視的，因爲這是他所確認的不同於單純快感的美感之所以發生的基礎所在。而由「感情移入」來區分美醜，進而確認美感和不快感發生的原因，這種思路既偏重心理美學，也讓呂澂成爲中國最早倡導「生命美學」的美學家之一。於是他對藝術品的鑒定，强調的是個體生命的灌注。而他把「美的人生」看作審美的最終歸宿，亦可看作「生命美學」奏出的强音：「藝術和人生祇有一種關係，便是實現『美的人生』。」如何實現這種「美的人生」呢？最重要的方法有二：「第一，啓迪一般人美的感受，發達創作的能力，使他們自覺『美的人生』的必要，能逐漸實現出來。平常所説的『美育』，便有這樣的目的。第二，改革現代的産業組織，助成『美的人生』的實現。」從這些論説看，他的思考與蔡元培的美育思想很接近，而細究下去，恐怕相異之處也不在少數，但這已是一個很專門的話題了。

有研究者指出：「呂澂的美學淺説和現代美學思潮是在德國哲學家、心理學家摩伊曼的『美的態度』基礎上編譯的。」（注二）美學淺説是不是編譯之書，顯然需要做專門的研究，不是我在這裏能夠回答的。我想指出的是，作爲美學學説最早的介紹者和傳播者，美學家們在其研究中大量借用西方學界的研究成果，可能也是當時的一個通例。而這種情況在藝術之本質一書中體現得尤其明顯。

如果不讀到最後一頁，很容易認爲藝術之本質便是一本專著，因爲封面上有「范壽康著」的字樣。但是這本書的末尾卻出現了如下文字：「這一部小書的材料是取諸伊勢專一郎氏的著書。對於伊勢氏特表謝意。

十三年夏莫干山上編譯者識。」伊勢專一郎是日本的美術史研究專家，著有支那山水畫史：自顧愷之至荊浩等書。而藝術之本質究竟是全部編譯自伊勢氏著作，還是也融入了范壽康本人的感悟理解，就不得而知了。

由於是編譯之作，這本書頗顯得體係完備。全書共八章，除緒論之外，還分別在崇高、優美、感覺美、精神美、悲壯、滑稽與諧謔、醜的名目下展開了專章論述。而每章之下，所論也非常詳盡。以崇高爲例，作者先是在第一節中從量的感情、深的感情、内容與形式之關係和無形式雄大自由四個方面，論述「崇高之一般的形相」，又分別以兩節内容展開「崇高之主要的種類」：恐怖的崇高、戰慄的崇高、凄慘的崇高、沉鬱的崇高和壯麗、嚴肅、壯静、莊嚴、激情。這種分法很是細膩，顯示着日本學者做學問的特點。另一方面，作者又輔之以相關例證，夾敍夾議，把深奥的美學問題講得通透有趣。

吕澂主要是佛學家，而范壽康則主要是教育家。但他們早年又都介入美學領域，成爲美學理論的譯介者和傳播者。除此之外，他們兩人都曾在日本留學。雖然他們的美學理論多取自西方，但對日本美學界的研究成果多有譯介和借鑒。這也意味着，美學來到中國，除像朱光潛那樣直接從西方引進外，其實還有一條途徑，那便是繞道日本。

張世禄先生是語言學家、音韵學家，所以在介紹到他的成就時，一般不會提到他早年的這本中國文藝變遷論。然而，即便用今天的眼光看，這本著作的學術價值也是不言而喻的。

據張世禄自己講，他寫此書是想矯正二弊：一弊是，研究中國文藝往往偏重於文藝的體制形式，「而於其内容之變遷如何，其受於時代思潮之影響者如何，其關於文藝本身外之事實如何，則罕有論及。此則不爲統體觀察之過也」。二弊是，「諸述文藝史者，大都僅羅列文學家作品與身世，以實各代史料而已；至於其相互遞嬗交替之關係，與受於時代變化之原因等等，則略而不講。此則缺乏歷史方法之過也」。職是之故，他借用法國學者泰納（Taine）時代、民族、地理三要素，用三十五章的篇幅，直把詩經以來文藝變遷的脈絡、路徑、成因等等論述得風生水起。其史料之翔實，思考之深入，灼見之迭出，令人過目難忘。比如，談及中國古無史詩之原因，他指出，中國不像印度和希臘的地理環境，或土地肥沃，或海闊天空，而是「非勤於操作，不能有獲」，「故其民族心理，常以發揮實踐躬行爲準的；虛無縹渺之思，殆爲先民所罕有」。另一方面，印度、希臘古代有多神觀念，敍述史事亦帶有神話色彩。「吾國偏於實際之人生，此種多神觀念，幾經洗煉蛻變；至有史時代，至高抽象之一神，所謂天道觀念者，已漸確立」。這樣一來，便「寧使文學之爲歷史化，而不容歷史之文學化」。凡此種種，都限制了中國史詩的發生。像這種論説，就頗令人玩味。

也需要指出的是，張世祿畢竟是語言學家，這樣，他看歷朝歷代文藝時，便或隱或顯地帶上了語言學家的眼光，打量出的東西也就不同尋常了。例如，談及漢代詞賦發達之原因，他在羅列「社會之富厚也，民族之強盛也，君主之好尚也，鄉學之發達也」之外，還特意指出了漢賦之盛，與當時小學的發達關係甚密。他特引日本兒島獻吉支那文學史綱的話説：「支那文字，以象形爲基礎；而指事會意形聲皆有一部分之象形。象形與圖畫，只有精粗之异耳。試觀郭璞江賦，通篇文字中以水爲偏旁者，占十之五六。水，象形字也；則滿目滔滔，流三江，注五湖之象，洋溢於紙上。更觀司馬相如之上林賦，篇中敍山者，崇峨崔嵬，嶄巘崛崎等字，皆冠以山。敍魚鳥者，亦如之，皆冠以魚鳥之偏旁。山與魚鳥，皆象形字也；故一篇文字，全體生動，善寫高山絕峯，峻極於天之雄勢；易使人想見鳥飛天魚躍淵之活境。皆於文字之構造，含有圖畫性質之所致。」由此可見，漢大賦之所以鋪張揚厲，雄偉壯觀，文字的鋪排也在其中扮演了重要角色。

談及宋詞時，中國文藝變遷論曾用短短一章内容論述其淵源與派別，而宋詩卻只字未提。這也難怪，因爲宋詩并非宋朝文學之主潮。但梁崑先生卻寫出了厚厚的一本宋詩派別論。在他的筆下，宋詩的各門各派一下子顯得條分縷析了。

梁崑開門見山地指出：「詩之有派別始於宋。欲論宋詩，不可不知其派別；蓋一派有一派之方法，一派有一派之習尚，一派有一派之長短，一派有一派之宗主。凡派別同者，其詩之方法同，習尚同，長短同，宗主同；苟不知其派別之異，徒執其一，以概其餘，曰宋詩云云，宋詩云乎哉？」正是意識到了派別在品評、鑒賞、分析、論説宋詩當中的重要性，梁崑便把宋詩各派做了詳細的歸類，區分出十一種之多，計有：香山派、晚唐派、西崑派、昌黎派、荆公派、東坡派、江西派、四靈派、江湖派、理學派和晚宋派。而每一派別，作者又大致遵循如下體例，分而述之：先是「小傳」，把某派中詩人群體之簡歷一一列出，并附有當時或其後對其詩歌的評論；接着是「宗主」，指出某派所法者何人，述其師承淵源關係；然後又是「習尚」，泛論某派詩歌的詩風、格調和藝術好尚；最後是「批評」，概括出某派詩歌的優劣、得失和短長。這樣一來，各詩派的方方面面就呈現得眉目清晰了。

比如，論及東坡派時，作者先把蘇軾、秦觀、張耒、晁補之、文同、孔文仲、唐庚等詩人的情況詳加敍述，然後考辨其宗主：「蘇派固無所專主，然必各受東坡影響；東坡固亦無所專主，然必對古詩家有所宗仰。」而在梳理前人六説的基礎上，他又特別指出：「竊忖度之：蓋東坡高才大力，無所不舉，無所不好，然早年在蜀學白樂天，中年入洛，出入歐公之門，受其薰染甚深……歐公詩體宗韓愈，故公中年詩亦學韓，晚年南謫惠州，始喜陶淵明……」通過這一番辨析，蘇軾之詩受何人影響才算是水落石出。言及習尚，作者認爲歐派習尚即東坡派之習尚，於是，在「重意」、「好述事」的層面兩派相同。但兩派雖然都「主氣」，「歐陽派是氣格，含有力氣而拘定一格之意，故極力欲其詩之爲奇怪奔險雄豪；東坡派是才氣，不含力氣之意，故任人之才氣求詞達而已，不欲限使趨於一體或加力爲之，以成奇怪奔險雄豪也。」這種辨析十分精細，道出了兩派在「氣」上的微妙之處。至於「批評」，作者認爲東坡詩派有一長四短：長在於「解放詩格」，「四短者何？一曰以文爲詩，二曰議論，三曰好盡，四曰粗率」。

實際上，這部書最有看頭之處應該便是「批評」部分的文字，因爲那裏正是作者的用武之地，所褒所貶頗見功力。也正因爲這部書對宋詩派別的評說頗下功夫，今天看來，其學術價值依然不容低估。有學者指出：「梁崑的宋詩派別論，是一部專門從流派入手研究宋詩的力作。……雖有泛流派的傾向，流派劃分的標準也不統一，甚至有些名目失當，但仍有借鑒意義。」（注三）

宋壽昌先生的中西音樂發達概況實際上是一本科普讀物，正如本書「卷頭語」中所言：「本書編輯的目的，在供給愛好音樂者具有音樂史的普通知識，故所述清晰而揭要，極易得到係統的領悟。」大概正是出於這一目的，這本書寫得提綱挈領，要言不繁，但又描摹出了中西音樂發展的綫索。例如，關於音樂效果，作者首先在三方面加以總結：「其一、是把音樂當做一種娛樂，用以調節疲勞，慰娛精神；這活動在音樂的效果中爲最普通。其二、以音樂作爲教化的工具，用它來陶冶性情，轉移人心，以收潛移默化的功效；由這活動所生的效果，便是所謂道德的效果。其三、音樂從生活中反映出來，進一步而作神的表現時，就成了音樂的宗教活動。」在此基礎上，他進一步指出：「我國的音樂，向來側重於上述第二方面的道德效果，這事實我們證之於各時代的史實，歷歷可考。」「中國音樂因爲以道德的效果爲中心，所以處處和政治發生密切的關係。像歷代國勢的盛衰，天下的治亂，以及帝王的文德武功，都象徵於音律中間。」有了這樣一個中心思想，作者便歷數各朝各代音樂與政治的關係，雅樂與俗樂的此消彼長，樂器的進化和演變。整個看來，此書的上半部分便成了一部中國音樂簡史。

下半部分作者特別指出，這本書并非音樂的「樂譜史」、「器樂史」、「樂制史」與「樂曲史」，而無非是想介紹一些音樂常識，爲欣賞名曲做些準備。職是之故，作者雖然以「原始時代的音樂」、「上古時期的音樂」、「中世紀的音樂」、「近世的音樂」和「現代音樂」五個部分展開論述，但音樂家的地位凸顯出來了。如談到德國的浪漫派音樂時，作者分別分析了修裴爾德（Franz Schubert，今譯舒伯特）、韋白（Kerd Maira von Weber，今譯韋伯）、孟德爾仲（Felix Mendelssohn Bartholdy，今譯門德爾鬆）和修茫（Robert Schumann，舒曼）的音樂特點，浪漫派音樂重內容感情，重個性表現的音樂風格也因此較詳盡地呈現在讀者面前。通過這種寫法，我們似也約略感受到了中西音樂的一點不同：中國的音樂源遠流長，但音樂家卻寥若晨星，而談及西方的音樂，許許多多的音樂家及其作品便撲面而來，那麽，究竟該如何解讀這一現象呢？

看來，我們得琢磨一下陰法魯先生的說法了。他曾指出：「孤立的音樂研究很難做好，研究音樂需要豐富的知識，尤其是歷史社會知識。研究音樂應該加上文化二字，音樂文化內涵豐富，除音樂本身之外，凡是與音樂有關的內容，都是音樂文化研究的範圍。」（注四）正是在這一意義上，我們應該把他的唐宋大曲之來源及其組織看作一本音樂文化研究著作，它所涉及的東西也遠遠大於一般的音樂研究。

據陰法魯先生說，他進入這一研究領域與導師羅庸和楊振聲二教授的指導密不可分。民國二十八年秋，他入北京大學研究院，兩位導師讓他研究「詞之起源及其演變」，并強調研究詞史要從「樂曲之見地，溯其淵源，明其體變」。「此時我開始接觸一些古代音樂，起初我不懂音樂，通過有關古代音樂的記載，越來越體會到羅先生所說『古代韵文是由於唱才發展起來的，唱是普遍的』這話是對的，用這種觀點可以解釋很多文學史上的問題。」（注五）而在本書中，作者也如此寫道：

爲統計及分析當時之詞調，曾先後纂輯「詞調長編」及「樂調長編」兩種。前者著錄詞調八百餘，後者著錄樂調兩千曲。從事既久，頗有所得。乃就各個詞調歸納門類，如何者屬於大曲，何者屬於雜曲等，先辨識清晰，然後分別逆溯其源，而由源返顧，復順推其流。如是，則詞調之來歷及其變遷，詞體之形成及其繁衍，庶皆可暢言其詳矣。顧燕樂中有大曲一種，每曲由十餘樂章組成，結構頗爲復雜。共爲唐代之梨園法部所用者，謂之「法曲」；如僅截取其後半部分，則稱爲「曲破」。故法曲與曲破皆可歸屬於大曲。大曲盛行於唐宋而爲兩代音樂最高之典制。其影響所及，不惟產生若幹詞調曲調，即宋之雜劇，金之院本，元之雜劇亦莫不沿承其餘緒。其在文學史上所居地位之重要，可想而知。

這段文字既講治學心得，亦談路徑方法，順便也解釋了「法曲」、「曲破」和「大曲」幾個專有名詞，很值得玩味。沿着這種思路，作者遍搜唐宋大曲史料，分析大曲產生之背景，考訂大曲淵源及曲名，辨析大曲之結構，活兒做得是極爲精細的。查閱研究唐宋大曲的相關論文，發現許多人依然把這本書作爲重要的參考資料，可見其價值之大。而此書只是在一九四八年出過一個油印本，覓之不得。此次出版，實爲音樂研究界和文學研究界的福音。

還有一本書也涉及「組織」，這便是齊如山先生的中國劇之組織。所謂「中國劇」，書中「凡例」處解釋爲「大致以北京現風行皮黃爲本位」。而所謂「皮黃」，即現在的京劇，因京劇的腔調以西皮、二黃爲主，故有「皮黃」之稱。關於此書，有研究者曾指出：「他寫中國劇之組織的初衷是向外國人介紹中國戲曲藝術，以便服務於梅蘭芳訪日、訪美演出。此書幾乎涉及了作爲綜合性舞臺表演藝術的戲曲的所有方面，齊如山後來的許多重要理論都萌芽於此書，所以此書是齊如山戲曲理論的一個總綱。」（注六）大概正是因爲此書「備譯爲西文，俾外賓知中劇之塗徑」，故作者分爲八章，在唱白、動作、衣服、盔帽靴鞋、髯鬚、臉譜、切末物件、音樂等名目下分而述之，而每一名目，又進一步細分論述，或詳或略，可以說是把京劇中所涉及的東西一網打盡了。筆者以爲，這種書實可稱爲京劇寶典，內行人可看出門道，外行人也看得熱鬧，因爲它普及了京劇知識。玆舉一例：

談及「背供」時，作者先是解釋：「背供者，背人供招也，係背人自道心事之意。兩人或數人，說話之時，其中一人，心內偶有感觸，便用神色表現，以便台下知曉（在真人，亦一定有此情形）。若感觸之情節復雜，全靠神色表現，不易充足，則用白或唱，暗行說出。故打背供時，須用袖遮隔，或往台旁走幾步，都是表示不使台上他人知道的意思。但有時一人場上歌唱，或說白，亦是自述心事之義，與背供意義，大致相同，不得目爲無故自言自語也。」這種解釋，已把背供的意思解釋得一清二楚，更重要的是，作者又加一按語，有了延伸思考：

> 按背供一事，亦爲中國劇之特點，東西洋各國戲劇皆無之。亦爲研究西劇者所不滿。惟鄙人則以爲當年研究發明出此種辦法來，寔爲中國劇特優之點。何也？因戲劇一有背供，則省卻無數筆墨，省卻無數烘托，而添出許多情趣。再者，西洋劇亦有一人在場上，自言一二語之時，而真人亦恒有自言自語之時。其背供之來源，大致即由於此。況西洋歌劇，往往一人在台上自歌自唱，試問此係對何人說話？不過背供之義耳。

這種思考在中西劇的對比中確認京劇背供之優，很有道理，也讓我想起了沙家浜·智鬥一場戲中對背供的改動。（注七）這意味着即便是革命現代京劇，背供也是必不可少的。不僅此也，而且還要在背供上狠下功夫，由此可見背供在京劇中的重要地位。

王鈞初先生後來以胡蠻爲筆名行世，筆名的名氣也就遮蓋了本名（他原名王洪，字鈞初），（注八）但中國美術的演變卻是以其本名面世的。據研究者統計，民國時期，不少學者都寫有中國美術或繪畫史之類的著作，計有近二十部之多，（注九）那麼，中國美術的演變在這些著作究竟具有怎樣的特色呢？應該是運用唯物史觀的基本原理，首開了馬克思主義美術史的先河。而之所以如此，又與他的特殊經歷有關。有研究者梳理，王鈞初一九二九年從國立北平藝術學院西畫科畢業後，東渡日本考察藝術，接觸過一些革命美術家，訪問過日本左翼美術家聯盟。一九三〇年冬，他加入「美術家左翼聯盟」，并以「藝術起源於勞動」爲主題做過演講。不久又閱讀蘇聯伏裏契的藝術社會學和馬恩列斯的譯本著作。（注十）所有這些，都讓他的美術著作打上了唯物史觀和左翼的烙印。例如，他認爲「綫」的藝術和「色」的藝術的起源，是同時從勞動中生發而來的。前者是由於「尖骨器」的使用，後者則是因爲「火」的啓發和生理上感官的遺傳。像這種論述和判斷，沒有唯物史觀的原理做支撑，是斷然寫不出來的。而至二十世紀四十年代王鈞初寫中國美術史時，他更是依托在延安文藝座談會上的講話精神，歷史唯物主義的原理運用得更自覺也更嫻熟了。有論者指出，王鈞初的中國美術的演變與中國美術史聯係緊密，後者可看作對前者的發展和深化。其研究特點概括有三：一、在美術起源問題上，打破了傳統的神話史觀、英雄史觀，提出了藝術（美術）起源於勞動說。二、在影響美術發展的各種外部因素上，強調了經濟基礎的決定性作用。三、在美術創造動力論上，堅持以人民爲本位的思想。（注十一）單單驗之於中國美術的演變一書，這種概括也是可以成立的。

此書凡二十一章，每章標題一正一副。即便以今天的眼光看，這些題目也起得頗有新意，是很能吸引眼球的。如「藝術起源的烟幕——一些荒誕不經的傳說」，「從武器到食器——從狩獵生活到農業生活」，「鐵的火花與奴隸的血汗——伴着工具的發展而來的文明曙光」，「漆，簡，筆，紙，磚頭，瓦片——自然條件，生產條件與社會生活之綜合的形態」，「藝術聖人與民間藝術——從魯班，吳道子，說到樣子雷，畫丁，劉藍塑」等等，即可一見端倪。而全書行文活潑，其語調則不時顯露出革命美術家的一些霸氣，亦可看作此書的文風特色。

最後，我要談一談潘光旦先生的小青之分析了。書中所謂的小青即馮小青，是明朝末年的年輕女子。其風姿綽約，才華出衆。但下嫁馮生做妾後，大婦奇妒，便把小青打發到了孤山佛舍。小青遂鬱鬱寡歡，以泪洗面，「輒臨池自照，好與影語，絮絮如問答，人見輒止」。後一病不起，死時年僅十八歲。小青死後，爲她立傳者不少，其作品（古詩一首，七絕十首，天仙子詞一首和寄楊夫人書一封）亦被人編輯成集，定名焚餘。她的生平事迹也被改編成故事，寫成劇本，搬上了舞臺。一九二二年，時在清華讀書的潘光旦修讀梁啓超先生的中國五千年歷史鳥瞰之課程，課程結束時他提交馮小青考，以爲作業。梁啓超讀後大爲贊賞。其後，馮小青考發表於一九二四年的婦女雜志上。一九二七年，他又對馮小青考加工修訂，易名爲小青之分析，由新月書店出版。一九二九年再版時，復改書名爲馮小青——一件影戀之研究。（注十二）

潘光旦對馮小青現象窮盡各種資料，反復考查，其研究用意何在？其研究結果如何？應該主要體現在以下兩個方面：一、「小青生平事蹟甚離奇，亦甚哀艷；前人知其然，而不識其所以然，於是羣疑其僞託，以爲絕無其人。」而通過其考證，他認爲小青實有其人，其事蹟并非憑空虛構。二、更重要的是，他使用了新研究方法，得出了與前人完全不同的結論：「小青適馮之年齡，性發育本未完全；及受重大之打擊，而無以應付，慾性之流乃循發育之塗徑而倒退，其最大部分至自我戀之段落而中止；嗣後環境愈劣，排遣無方，閉窒日甚，卒成影戀之變態。」

把小青看作影戀病例之典型，可謂石破天驚之語。因爲小青哀艷的身世，出衆的才華，實在是很能獲得人們的同情的。有研究者甚至指出：「傳者的態度，表明了男性文人對於才女文化的欣賞和支持。」「通過小青與大婦的對比，寄托了晚明男性文人於女性一種新的性別想象和位置期待。」（注十三）然而，潘光旦的研究卻戳破了男性文人的那種幻覺，指出了一個嚴酷的事實。而他之所以能獨辟蹊徑，又是與特殊的學術經歷密不可分的。據他自己講，二十歲在清華讀書時，他便讀過了靄理士六大本的性心理學研究錄。很快他又接觸到了弗洛伊德的學說。「同時，因爲譯者一向喜歡看稗官野史，於是又發見了明代末葉的一個奇女子，叫做馮小青，經與福氏的學說一度對照以後，立時覺察她是所謂影戀的絕妙例子。」（注十四）由此看來，潘光旦的這項研究，實爲西學東漸與中國古代例證碰撞之後結出的一枚果實。

這枚果實自然已跨越了學科邊界，它首先應該屬於性心理學，卻又波及社會學、文藝心理學等學科。有人甚至在文學批評學的層面釋放其意義，（注十五）我覺得也是可以成立的。

寫完我對具體書的一點心得後，我想再說幾句總的印象。這些書大都是作者早年的研究成果，有的甚至可算得上是其「少作」，但我們讀這類書，卻絲毫沒有青澀之感，而是覺得很老到，仿佛他們已是治學多年、功力深厚的長者。他們寫出來的書也往往不厚，并非煌煌巨著，卻很有幹貨，問題也談得通透。而之所以能如此，大概是因爲他們首先以學術爲志業，心無旁騖，加之國學功底本來就好，年輕時又出洋留學，這樣便能啓獲新知，激活古籍，形成自己的真知灼見。近年來，「民國熱」已成知識界的一道風景，而看看民國學人著書立說的風采，想想我們這個時代著作文章的差距，或許便能明白真學問是怎麼回事了。

二〇一四年五月三十日

注一　李林：呂澂是誰？——漢語佛學界最嚴重的遺忘，太原師範學院學報二〇〇六年第五期

注二　高海燕：呂澂美學思想的研究，長春師範學院學報二〇一三年第五期

注三　張遠林、王兆鵬：宋詩分期問題研究述評，陰山學刊二〇〇八年第四期

注四　曾貽芬：陰法魯先生訪談錄，史學史研究一九九七年第二期

注五　同上

注六　李軍：齊如山戲曲理論研究，山東大學博士學位論文，二〇〇八年五月

注七　參見汪曾祺全集第五卷，北京師範大學出版社一九九八年版，第二百四十至二百四十一頁

注八　參見王留成、邢長順：胡蠻傳略，中州統戰一九九六年第六期

注九　參見林樹中：近代中國美術史論著與上海美專，南京藝術學院學報二〇一一年第六期

注十　參見趙丹：時代思潮下的創獲：胡蠻學術貢獻概述，美術觀察二〇一四年第一期

注十一　參見李小汾：論民國時期胡蠻美術史研究中的馬克思主義傾向，美術研究二〇〇七年第二期

注十二　參見潘光旦：馮小青性心理變態揭秘，禎祥、柏石詮注，文化藝術出版社一九九〇年版，第三頁

注十三　張春田：「影戀」，性心理與「病」——潘光旦寫馮小青，書城二〇〇八年第九期

注十四　靄理士：性心理學·譯序，潘光旦譯注，三聯書店一九八七年版，第二頁

注十五　參見賴力行：潘光旦「馮小青：一件影戀之研究」的文學批評學意義，湖南師範大學學報二〇〇五年第二期

作者簡介

張世禄（一九〇二年—一九九一年），中國現代著名語言學家，字福崇，浙江浦江縣人。他畢業于東南大學，一九二八年到上海商務印書館任職。先後在暨南大學、復旦大學、光華大學、雲南大學、中山大學、重慶中央大學、重慶大學等校任教。從事中國文字學、訓詁學、語音學及詞匯學研究，尤其擅長漢語音韵學研究。運用西方現代語言學理論和方法，探索漢語各方面的内部規律，對建立中國現代語言學作了開拓性工作，發表論文一百餘篇，著有中國音韵史、語言學概論、古代漢語等。

中國文藝變遷論自序

近今研究吾國文藝者，衆矣。顧其偏弊之處，有二：其一，每偏重於文藝之體製形式，所謂定言不定言，駢體與散體等，言之綦詳；而於其內容之變遷如何，其受於時代思潮之影響者如何，其關於文藝本身外之事實如何，則罕有論及。此則不爲統體觀察之過也。其二，諸述文藝史者，大都僅羅列文學家作品與身世，以實各代史料而已；至於其相互間遞嬗交替之關係，與受於時代變化之原因等等，則略而不講。此則缺乏歷史方法之過也。

本書編述之目的，在欲矯正以上二弊，而供給讀者以吾國文藝變遷之系統概念。惟學力有限，恐不足以副讀者之望耳。

全書分三十五章：第一二兩章爲總論，末章爲結論。此外諸章，大都依據文藝變遷之時代順序：自第三至第五章，論詩經以前之文學；第六至十一章，論詩經；第十二至十五，論楚辭；第十六至十九，論漢賦；第二十至二十五，論漢魏隋唐間之詩與樂府；第二十六至二十八，論宋詞；第二十九至三十二，論元曲；第三十三三十四兩章，論明清小說。不更以此分篇者，以明其相互間連續交接之關係也。

中華民國十七年九月十二日，張世祿自序於滬上。

中國文藝變遷論目次

第一章　國人對文藝舊觀念之謬誤……一
第二章　中國文藝變遷之痕跡與公例……七
第三章　上古傳疑之詩篇……一四
第四章　古代文藝發達之推測……一六
第五章　中國古無史詩之原因……一九
第六章　詩經作述之淵源……二二
第七章　詩經文辭之由來……二五
第八章　詩經之時代與地域……二九
第九章　詩經聲律與音樂之關係……三四
第十章　詩經與周代社會之關係……三七

第十一章　詩經對於後代文藝之影響……四一
第十二章　戰國時代與楚辭之發生……四四
第十三章　詩樂之衰歇與楚辭之興起……四六
第十四章　楚國地理民族語言與楚辭之關係……四九
第十五章　詩騷賦三者之遞嬗及其區別……五二
第十六章　漢賦之源流與派別……五五
第十七章　漢代詞賦發達之原因……五八
第十八章　漢賦與文字學之關係……六一
第十九章　漢賦與六朝駢文之關係……六三
第二十章　駢文利弊對於中古詩歌之影響……六五
第二十一章　中古詩歌寫實與寫景之二大潮流……七〇
第二十二章　印度文化之輸入與中古文藝思潮……七四

第二十三章　聲律之發明與中古詩體之變遷……七八
第二十四章　唐代政俗與其文藝之關係……八三
第二十五章　音樂之變遷與樂府詩詞之遞嬗……八六
第二十六章　宋詞之淵源與派別……九三
第二十七章　宋詞之語體化與散文化……九八
第二十八章　宋詞與元曲之關係及其區別……一〇三
第二十九章　元曲發達之由來……一〇七
第三十章　南北曲之異同……一一〇
第三十一章　元曲之派別……一一四
第三十二章　元曲與小說之關係……一一八
第三十三章　明清小說發達之由來及其派別……一二二
第三十四章　近代戲曲小說與古文八股之關係……一二八
第三十五章　中國過去文藝界之得失及今後之趨勢……一三三

中國文藝變遷論

第一章　國人對文藝舊觀念之謬誤

文藝之意義如何？關於此問題，歐美文學界中，嘗起爭訟；異說紛歧，迄無一致公認之界說。今惟有擇其較爲確切圓滿者，舉出一二，以供國人研究文藝之標準：

坡斯涅特（Posnett）云『文學者，包括散文或韻文之一切著述；其產生之由來，根據於吾人想像作用者多，根據於反省作用者少；其目的，寧爲與多數人以快感，而非爲與之以教訓或實利；其所訴，乃在一般普通的，而不在專門特殊之智識也。』（Literature consists of works, which whether in prose or verse, are the handicraft of imagination rather than reflection; aim at the pleasure of the greatest possible number of the nation rather than at instruction and practical effects, and appeal general as against specialized knowledge)。

韓德(Theodore W. Hunt)云：『文學者，藉想像，感情，及趣味以表現思想之文字；欲得一般人之理解與興趣，故其形式不宜於專門化。』(Literature is the Written Expression of Thought, through the Imagination, Feelings and Taste, in such an untechnical form as to make it intelligible and interesting to the general mind)。

道登(Dowden)云：『科學之目的，在判斷及傳達事實；藝術之目的，在藉情感以促進吾人生活，使達於較高之意識。』(To ascertain and communicate facts is the object of science; to quicken our life into a higher consciousness through the feelings is the function of art)。

總合三者以觀，可知文藝乃一種以文字為工具之藝術；其作用由於感情想像與興趣，而不由理智；其要素重於內容，而不重形式；其效力乃及於一般人，而非少數人所得據為私有者也。更考諸吾國文藝二字之意義：

文之字義有三：

（一）紋畫之文　說文：『文，遣畫也，象交文。』禮記王制：『被髮文身；』注：『謂刻其肌以丹青涅之。』月令：『文繡有恒；』注：『謂畫也。』考工記：『畫繪之事，青與赤爲之文。』

（二）彣飾之文　論語：『文之以禮樂；』孔注：『成也。』又『文質彬彬；』皇疏：『華也。』禮記樂記：『文采節奏，聲之飾也。』廣雅釋詁：『文，飾也。』引申之，則凡事物之秩然有紀，煥然可觀者，皆得稱文。如書堯典：『欽明文思安安；』詩：『思文后稷；』晉語：『吾不如衰之文也；』是則指舉止威儀也。論語：『堯舜煥乎其有文章；』又『文王既沒，文不在茲乎？』何晏謂禮樂法制也；又禮記大傳：『考文章；』注：『禮法也；』是則指禮樂法制也。左傳：『言之不文，行而不遠；』又『非文詞不爲功；』是則謂言詞也。

（三）文字之文　說文序曰：『依類象形謂之文；』書序：『由是文籍生焉。』論語：『則以學文，』馬注：『古之遺文也。』左傳：『有文在其手；』又『故文，反正爲乏，』又『于文，蟲皿爲蠱。』孟子：『不以文害辭。』中庸：『不考文；』注：『書名也。』

藝之字義有二：

（一）樹藝之藝　說文：『埶，種也，从坴从丮持而種之，會意；字亦作蓺，作藝。』書禹貢：『岷嶓既藝；』詩楚茨：『我埶黍稷；』周禮大司徒：『以教稼穡樹蓺；』廣雅釋地：『埶，種也。』

（二）材藝之藝　周禮大司徒：『六藝禮，樂，射，御，書，數；』禮記禮運『義者藝之分，』注：『猶才也；』又文王世子：『曲藝皆誓之，』注：『小技能也；』樂記：『藝成而下；』注：『才技也。』

文藝既爲藝術之一，而以文字爲工具者，則固取文字之文與材藝之藝二義合成文學之藝術化者，即以感情想像與興趣爲主，非謂一切文字皆可以賅之也。文藝之不爲彣飾之文者，蓋其要素重在情感想像與趣等之實質；非僅整飾文字之形式，即足以廁諸文藝之林也。明乎此，乃可與糾正吾國舊觀念之謬誤：

（一）韓非子六反篇：『學道立方，離法之民也；而世尊之曰，文學之士。』史記儒林傳：『齊魯之間，於文學自古以來其天性。……趙綰王臧之屬明儒學，而上亦鄉之；於是招進方正賢良文學之士。』史記自敍：『漢興，蕭何次律令，韓信申軍法，張蒼爲章程，叔孫通定禮義；則文學彬彬稍進，』是可見周漢人並以文學賅一切學術；其界域至寬，凡以文字著之竹帛，均得稱之。唐宋古文家多宗是義。韓愈進學解謂：作爲文章，上規姚姒，盤誥，易，詩，春秋，左氏；下逮莊騷，太史，子雲，相如；以宏中肆外。柳宗元亦言：每爲文章，本之詩，書，禮，春秋，易，參之穀梁，孟，荀，莊，老，國語，離騷，史記。所謂『文以載道，』凡有關於學術之文字，皆得稱文。章炳麟文學總略：『文學者，以有文字箸於竹帛，故謂之文；論其法式，謂之文學。』此等文學之義界，至爲廣汎；凡所記載者，不必出於感情想像與興趣之作用，且大部分爲理智文字；此非屬於文藝之範圍也。此其謬誤一。

（二）釋名釋言語云：『文者，會集衆采以成錦繡，會集衆字以成詞誼，如文繡也。』是以藻繢成文章，乃得爲文。六朝人本之，遂有文筆之辨。晉書蔡謨傳：『文筆議論，有集行於世。』南史顏延之傳：『宋文帝問延之諸子才能，延之曰：「竣得臣筆，測得臣文。」』由是劉勰文心雕龍引時論：乃以『有韻爲文，無韻爲筆；』蕭繹金樓子乃謂『吟詠風謠，流連哀思，謂之文。……文須綺縠紛披，宮徵靡曼，脣吻遒會，情靈搖蕩。』是以有情采聲律者，始得謂之文；無情采聲律者，只得謂爲筆。蕭統選文，因屏經史子不錄，惟取『綜緝辭采，錯比文華，事出於沈思，義歸於翰藻。』阮元書文選敍後：『孔子文言，實萬世文章之祖。此篇奇偶相生，音韻相和，如青白之成文，如咸韶之合節；非淸言質說者比，非振筆從書者比，非佶屈澀語者比。是故昭明以爲經子史非可專名之爲文也。專名爲文，必沈思翰藻而後可。』凡此皆以文爲彣飾之文，言詞必飾以辭藻，整以聲律，如偶句韻語，乃可稱爲文。洵如其說，則近代散文小說，不得屬於文藝之林乎？蓋徒論文詞之形式，不足爲批評文學之標準；必須問其根據感情想像與否？動人興趣與否？至於文詞之爲駢爲散，有韻無韻，固可勿拘也。彼等乃徒以詩歌詞賦爲文，則詩歌詞賦其形，非詩歌詞賦其實者，亦衆矣；亦將摒諸文藝之林乎？此其謬誤二。

觀此，吾國舊觀念之謬誤，乃在不明文藝之眞正意義；於是文藝之界說與標準，均難以確定。大足以喪失學者之恉趣；而文藝之創造上，亦無形中受其阻礙。此固亟須加以糾正者也。

第二章　中國文藝變遷之痕跡與公例

章炳麟曰：『魏文侯聽今樂則不知倦古樂則臥；故知數極而遷，雖才士勿能以爲美。』（國故論衡辨詩）一代有一代之文藝，其變遷乃因於勢之所不得不然。以今之人而必欲爲古之文，其結果必不能有所創作。焦循易餘籥錄已論及之矣；因錄其說如左：

『商之詩，僅有頌；周則備風，雅，頌；載諸三百篇者，尙矣！而楚騷之體，則三百篇所無也；此屈宋爲周末大家。其韋玄成父子以後之四言，則三百篇之餘氣遊魂也。

漢之賦爲周秦所無，故司馬相如，揚雄，班固，張衡爲四百年作者；而東朔方，劉向，王逸之騷，仍未脫楚辭之科臼矣。其魏晉以後之賦，則漢之餘氣遊魂也。

『楚騷發源於三百篇；漢賦發源於周末；五言詩發源於漢之十九首，及蘇李而建安，而後歷晉，宋，齊，梁，周，隋，於此爲盛。一變於晉之潘陸，宋之顏謝；易樸爲雕，化奇作偶。然晉宋以前，未知有聲韻也。沈約卓然創始，指出四聲，自是厥後，變蹈厲爲和柔。宣城水部，冠冕齊梁，又開潘陸顏謝所未有矣。

『齊梁者，樞紐於古律之間者也；至唐遂專以律傳。杜甫，劉長卿，孟浩然，王維，李白，崔顥，白居易，李商隱之五律七律，六朝以前所未有也；若陳子昂張九齡韋應物之五言古詩，不出漢魏人之所範圍。故論唐人詩以七律五律爲先七古七絕次之；詩之境至是盡矣。

『晚唐漸有詞，興於五代，而盛於宋，爲唐以前所無；故論宋宜取其詞。前則秦，柳，蘇，晁，後則周，吳，姜，張；足與魏之曹劉，唐之李杜，相輝映焉。其詩人之有西崑西江諸派，不過唐人之緒餘不足評其乖合矣。

『詞之體，盡於南宋，而金元乃變爲曲；關漢卿，喬夢符，馬東籬，張小山等爲一代鉅手。乃談者不取其曲，仍論其詩，失之矣。

『有明二百七十年，鏤心刻骨於八股；如胡思泉，歸熙甫，金正希，章大力數十家洵可繼楚騷、漢賦，唐詩宋詞元曲以立一門戶。而李，何，王，李之流，乃沾沾於詩，自命爲復古，殊可不必者矣。

『夫一代有一代之所勝；舍其所勝，以就其所不勝，皆寄人籬下者耳。』

焦氏之言，洵美矣。惟以八股爲明代文藝，不如取小說爲當。章回體之小說，源於宋，興於元，而盛於明，爲宋以前所未有。夫八股在文學上之技巧，可謂至極；其價值如何，亦難以確定；惟在當時一般社會，受其直接之影響，恐反不及語體小說之大。蓋八股在當時已成爲一種專門之形式，非從事於斯者，多不能享受與領會。而彼時從事於斯者，亦大都受專制政體之利用；誠非如語體小說之發達，乃因乎社會上自然之趨勢也。

一代有一代之所勝，乃文藝變遷之必然公例，此固研究者所不可不知；而其相互間遞嬗交替之迹，猶必具下列諸條件：

（一）社會一切事物之進化，以漸不以頓；文藝亦不能出此例外。凡舊文藝正發達時，新文藝必早已潛伏萌芽發動之機；常有新文藝已發展成熟，而舊文藝尙未完全衰退者。例如六朝時之古詩正興盛，而已有唐人律絕詩之趨向；唐時盛行律絕詩，而六朝古詩之氣運尙未完全衰退。宋代詞最發達，而當時已具有明清小說之萌芽；元明之際，戲曲正盛行，而小說之發展，亦已告成熟。

（二）凡一種文藝變爲他種時，其間常又發生一種過渡物。新舊之交替，既以漸不以頓；故其蛻變時，嘗發生介乎兩間之過渡物其物有舊文藝之特質而亦兼具新文藝之要素。例如詩經之後爲楚辭；而荀卿之詩賦，實介乎詩經與楚辭之間。楚辭之後爲古詩與樂府；漢初騷體之詩歌，卽介乎其間者。他如搊彈詞，鼓子詞，乃詞與曲之過渡物；彈詞小說，實明淸傳奇與章回小說之溝通媒介。

（三）凡一種新文藝之發生，必包含承受多種舊文藝之要素。生物之遺傳，子承於父，父承於祖，祖又承于祖之祖；子實包含其數代父祖之性質。文藝之遞變，亦猶是耳。例如宋詞，觀其取材方面方法方面，實融合漢魏六朝隋唐之詩歌樂府以產生者也。元曲之發達，實包含周漢以來詩歌詞賦小說之成分。小說爲紀事體；然於詩歌詞賦等體，亦無所不包。

（四）凡一種文藝之出現，實爲後來產生種種新文藝之因緣。後來新文藝，既必包含其前種種舊文藝之要素；故一種文藝之出現後，於此者，無論直接或間接，多少必受其影響。例如楚辭爲漢賦之淵源人知之矣；而其天問，九歌諸篇，實開後來神怪小說之先河。漢，魏，六朝之敍事詩，爲後來杜甫白居易諸人之所本人知之矣；而其詩中描摹各人之口吻，實又爲元明戲曲小說之鼻祖。

（五）凡一種文藝由生長而成熟而衰退，其形式必日趨於擴大而漸形固定；其格律必日趨於細密，其工力必日就於技巧。生物之生長，成熟之後生長力衰退，其體格遂成爲僵化。文藝亦然，當其生長力衰退時，形式必已固定。一般從事於斯者，旣無以超越前人，惟向形迹中求之。於是格律日就細密，工力日趨技巧；而其文藝之氣運，至是遂告終極。例如漢賦，至魏晉以下，殆已僵化；六朝人加以聲律對偶，至唐遂成律賦，而古賦遂亡。古詩經六朝已漸僵化；至唐成律詩，而古詩遂亡。宋詞由唐五代之小令變爲長調慢詞，形式之擴大也。至南宋意境趨於狹隘，已漸固定矣。後人乃惟於形迹求之，律愈細，心愈苦，而詞終不可復矣。元曲限於四折，其形式固定，而北曲終亡。明清傳奇增至數十折，形式之擴大也；後人惟拘守其成式與律調，而元明戲曲終不可復。小說由短篇而長篇而章回，形式之擴大也；近人已厭其板滯，思有以變化之矣。

以上五項，乃吾國文藝變遷暫行假定之公例，猶僅自文藝本身上觀察者也；至文藝外之事物，與其變遷之過程上，當然有密切關係；今試舉其尤著者言之：

（一）時代　民族，環境，與時代爲文學之背景此泰納(Taine)氏之言也。觀之吾國，如楚辭之發生實戰國之縱橫時代有以促進之。近代詞曲小說之發達，實受宋代議論說理文興盛之影響。吾國史上一代風氣，常受二三有力者之轉移。如漢武帝唐太宗，於漢唐詩賦之發達，實爲有關係之人物。

（二）民族　凡一新民族與舊民族之結合，常能產生新文藝。如荆楚民族與中原文化結合，楚辭遂以成立；南北朝民族之結合，遂開唐代文藝之盛況；金元之入主中國，乃有戲曲之發達；皆其例也。又當國族強盛之時，其文物亦隨以發達；漢唐文藝之興盛，卽其例也。

（三）地理　吾國長江流域與黃河流域地勢不同，其影響於民生者至鉅；世人遂以爲吾國一切學術思想文藝皆有南北之分。惟地理之界限，常以交通之便利，政治之統一，而減少其程度耳。吾國詩經國風諸篇，當時各國詩歌，可因地理以比較之；楚辭與詩經之相異，亦可根據長江黃河二流域地勢之不同以觀察之。

（四）政俗　吾國政俗之影響於文藝者，如南北朝文藝，北重質素，南尙浮華，實由於政俗之不同有以致之。又如唐代詩賦，明淸八股，皆與其時科舉制度有關者也。

（五）語音　吾國方言錯雜，文藝遂多因而異趣。如楚辭之爲楚語，詞曲之演化，南北曲之區分，大都與當代語音有關。

（六）文字　吾國爲衍形文字，且一義一音；律詩駢文，皆因乎吾國文字之特質以成立者也。

（七）音樂　吾國文藝之變遷，大都因乎音樂之更改。詩經之變爲楚辭，以雅樂之淪亡，楚聲之興起也；樂府與詩詞之遞嬗，以西域音樂之輸入而起變化也；他如宋詞元曲之變化，與音樂之關係，更顯然矣。

凡一事物之變化，莫不受旁事物之影響；以上所舉乃其影響於文藝變遷者，最深切著明者耳。先明文藝本身之遞嬗，更考求其變遷之由來，此則研究文藝演進史者所有事也。

第三章　上古傳疑之詩篇

研究吾國古代文藝者，自當以詩經爲始。詩經以前之文學作品，殆不可考。鄭玄之言曰：『詩之興也，諒不於上皇之世。大庭，軒轅，逮於高辛，其時有亡，載籍亦蔑云焉。虞書曰「詩言志，歌永言，聲依永，律和聲；」然則詩之道，昉於此乎？有夏承之，篇章泯棄，靡有孑遺。』（詩譜敍）則虞夏以前，篇章無存，後之人無得而考見焉。

麥肯基(A. S. Mackenzie) 謂原始時代文學之特徵爲口頭的 (oral)。如希臘荷馬詩本爲零片之集合品；曾經歷代多種之口頭傳述後乃寫於文字，曾加以修正與潤飾者也。吾國最早之詩歌，爲周漢人所傳述者，如伊耆氏之蜡辭：

『土反其宅，水歸其壑，昆蟲毋作，草木歸其澤。』（見禮記郊特牲。）

黃帝時之斷竹歌：

『斷竹續竹，飛土逐宍。』（見吳越春秋；劉勰文心雕龍謂爲黃帝時詩。）

又堯時之擊壤歌：

『日出而作，日入而息，鑿井而飲，耕田而食，帝力於我何有哉？』（見列子。）

舜時之南風歌：

『南風之薰兮，可以解吾民之慍兮！南風之時兮，可以阜吾民之財兮！』（見尸子及孔子家語。）

零片斷簡，殊不足以饜讀者之望。日本鹽谷温中國文學概論謂：『擊壤近老莊之思想，南風似楚辭之句讀；』則此等詩歌，究爲後人所追記，或周漢人所僞託，亦莫敢質言其確。

近人以爲其歌辭之合於原始社會情形者，大都可信。如伊耆氏蜡辭爲當時農民祭祀之祝辭，以吾國最重農業者也。斷竹歌則原始民族守尸時之輓歌；古無衣衾棺槨，葬尸曠野，恐爲禽獸所食；乃手執弓彈，助孝子以守其父母之遺尸。（見朱謙之文存。）此以詩歌意義與當時社會情形吻合，似可依據；然亦不過推測之辭耳。

第四章　古代文藝發達之推測

由上章，可知上古文學之遺存於今者，已難確信；然非謂上古之絕無文學也。沈約曰：『民稟天地之靈，含五倫之德，剛柔迭用，喜慍分情；夫志動於中，則歌詠外發。六義所因，四始攸繫；升降謳謠，紛披風什。雖虞夏以前，遺文不覩，稟氣懷靈，理無或異。然則歌詠所興，宜自生民始也。』（宋書謝靈運傳論）夫人不能無情，感物而動，悲歡所生，自不能不有以發抒其胸臆者；則詩歌尙焉。夫禽獸之屬，尙時露其歌舞節奏之狀態；而況人類？近代從人類學社會學上研究之結果，以抒情詩爲文學最早之形式；則初民時代，早已有詩歌發生，自可無疑。鄭玄謂詩之興，不於上皇之世，非篤論也。

詩歌既興，音樂舞蹈亦卽隨之以生；自古三者殆合一而不分離。民歌(ballad)一字，乃從古法文動詞(baller)轉變而來，卽跳舞之意也。麥肯基述詩之起源曰：『感情之爲物，是旋律性的(rhythmic)。在某種狀態中，爲自己增長快感，減少苦痛，常用種種衝動之肉體運動或呼聲，以表白之。此種種衝動之運動及呼聲，乃爲喚起身體及聲音自發動作之準備；故其爲旋律(rhythm)支配時，舞蹈與音樂之基礎，卽於以成立。』此言音樂舞蹈與詩歌之關係，吾國古時已多有論及之者矣：虞書曰『詩言志，歌永言，聲依永，律和聲；八音克諧，無相奪倫，神人以和。』子夏曰：『詩者，志之所之也；在心爲志，發言爲詩。情動於中而形於言，言之不足，故嗟歎之；嗟歎之不足，故詠歌之；詠歌之不足，則不知手之舞之足之蹈之也。』（詩大序）樂記曰：『詩，言其志也，歌，詠其聲也，舞，動其容也；三者本於心，然後樂器從之。』是可知樂舞之起源，實由於詩歌之發生也。

考吾國樂器之發明，與樂舞之發達，俱甚悠遠。世傳伏犧神農作琴瑟，（世本作篇）而自黃帝下至三代，樂各有名。（漢書藝文志語，通典謂黃帝作咸池，少皞作大淵，顓頊作六莖……。）唐虞時已有典樂之官。（見虞書）雖古史難稽，而樂舞之興盛，必在上世。樂舞與詩歌合一；則吾國詩歌，太古早已發達，又可因是以推知也。

日本本間久雄新文學概論謂：『詩之形式，從發生之順序上言：第一爲抒情詩，其次敘事詩，再次劇詩。』詩歌發達之結果，必衍爲史詩；如印度之馬哈巴拉泰(Mahabharata)，拉馬耶那(Ramayana)，希臘之衣里亞特 (Iliad)，與特賽 (Odyssey)，或述國族間之紛爭，或敍英雄之遇險，常推爲世界上偉大之作品。而吾國古史上，如黃帝之戰蚩尤，夏禹之治洪水，此等事實，最足以震動人心；乃僅爲古史上之記載，未衍爲長篇史詩之資料，此其故何哉？

第五章　中國古無史詩之原因

印度希臘與吾國同爲古文明國；而其地理上之影響於民族思想者，均各不同。印度土地肥沃，生物百備，不待操作，足以生存。且地氣炎酷，不適工作，一最不宜現世人生活動之地；故其人常有神靈幽渺之思想。希臘地處半島，天朗氣清，山明水秀。人民通商爲業，海闊天空，胸懷開拓。而經濟富裕，無物質之憂慮；故其性情活潑，心思敏銳，常有豐富之想像。中國則均與二者異。上古漢族之所占領，以黃河爲根據，而漸拓植於南北沿岸。其地質爲第四紀之水成巖，禹甸畇畇，周原膴膴，大部爲可耕之地。惟地味所宜，僅黍稷菽麥之類；故非勤於操作，不能有獲。而河水汎濫爲災，下民昏墊；非抵抗自然，無以自存。故其民族心理，常以發揮實踐躬行爲準的；虛無縹渺之思，殆爲先民所罕有。此民族思想之特殊，又可因以解釋文藝者也。

古代敍事詩之形成，其必要條件，特有一種具體擬人之多神觀念以助長之。馬哈巴拉泰，拉馬耶那，依里亞特，奧特賽諸詩，乃出於印度希臘之古代多神觀念；故一方面敍述史事，一方面仍帶有神話之色彩。吾國偏於實際之人生，此種多神觀念，幾經洗鍊蛻變；至有史時代，至高抽象之一神，所謂天道觀念者，已漸確立。雖間或以天具有人格，而未見以爲具體之偶象。蓋吾國古代哲學家歷史家以主張躬行實踐之故，凡具有偶象具體之神話，殆多所排棄。寧使文學之爲歷史化，而不容歷史之文學化；太史公所謂『百家言黃帝，其文不雅馴，薦紳先生難言之』者也。

吾國古代最大之神話集，當推緯書。如言『人皇九頭，提羽蓋，乘雲車，使風雨，出暘谷，分九河』（春秋命曆序）之類，在當時亦以供談史者之資料。俞正燮癸巳類稿緯書篇謂『緯書者，古史書也；孔子定六經，其餘文在太史者，後人目之爲緯。』此等史料，於政治上道德上固無價值；而於國民文學上，則大有關係；文心雕龍正緯篇所謂『無益經典，而有助文章』者也。屈原之作，吾國文藝中之最富有想像力者也；而班固謂爲『露才揚己，忿懟沈江；羿澆二姚，與左氏不同；崑崙懸圃，非經義所載。』是故吾國古代，謂必無偉大如荷馬之詩人，雖未可斷定；而此等以經史眼光，平衡文藝，殊足以遏抑文藝天才之發展；則固可確信無疑者也。是則吾國古無史詩之原因，以當時歷史家，哲學家，如孔孟之徒，大都趨重於實際上之政治問題，社會問題；而忽視初民文學資料之保存。以其神渺怪誕，無益經典，而遂輕視之；致使其不能形成爲偉大之組織，如印度希臘之史詩；此則殊可惜者也。

詩經大部爲抒情詩；間雜有敍事者，亦大都可以補正歷史上之事蹟；其稍帶有神話色彩者，如生民之詩一段：

『厥初生民，時維姜嫄；生民如何？克禋克祀，以弗無子；履帝武敏歆，攸介攸止！載震載夙，載生載育，時維后稷。誕彌厥月，先生如達，不坼不副，無菑無害。以赫厥靈，上帝不寧，不康禋祀，居然生子：誕寘之隘巷，牛羊腓字之；誕寘之平林，會伐平林；誕寘之寒冰，鳥覆翼之；鳥乃去矣，后稷呱矣！』

在詩經中，絕不多見。蓋訂詩者，刪詩者，多趨重於日用常行之途，而不喜爲怪力亂神之談（詩經雖未敢斷定爲孔子一人所刪定，而孔子亦必爲刪定者之一人。）故多爲寫實之文學也。章實齋文史通義謂六經皆先王之政典；孔子曰：「誦詩三百，授之以政，不達；使於四方，不能專對；雖多，亦奚爲？」——詩經在當時亦所以經世致用；則其所以平易切實，不尚浮華奇幻，亦可以思其故矣。

第六章　詩經作述之淵源

古代文學之特性，爲合作的，代表民族的。與其謂爲少數人之著作，不如謂爲一時代文學之結果。其始零星散漫，爲各處人民所唱誦，後乃漸漸融合，成爲一部偉大之組織。希臘印度之史詩，希伯來之聖經，皆曾經此等階段而成者。對吾國詩經亦可作一例觀。

詩經各篇之作者，詩序中已大部分不能指出其主名。其所指定者，如柏舟之作於共姜，綠衣燕燕終風日月之作於莊姜等，亦大都未可引爲確信。其在詩中自述其姓名者，如小雅節南山之『家父作誦，以究王訩』巷伯之『寺人孟子，作爲此詩；』大雅崧高之『吉甫作誦，其詩孔碩；』烝民之『吉甫作誦，穆如清風；』此最爲可信。其他在古籍之有徵驗者，如尚書金縢篇謂周公作鴟鴞；左氏閔二年傳謂許穆夫人賦載馳，亦可依從。此外正似古詩十九首，果爲何人所作，實有難於斷定者；而大部分且爲民間流行之歌謠，絕非少數人所能據爲己出。

考三百篇中各篇間，多互有重複之章句，如王風揚之水與鄭風揚之水：

『揚之水，不流束薪；彼其之子，不與我戍申；懷哉懷哉！曷月予還歸哉？』

『揚之水，不流束楚；彼其之子，不與我戍甫；懷哉懷哉！曷月予還歸哉？』

『揚之水，不流束蒲；彼其之子，不與我戍許；懷哉懷哉！曷月予還歸哉？』（王風揚之水）

『揚之水，不流束楚；終鮮兄弟，維予與女；無信人之言，人實迋女。』

『揚之水，不流束薪；終鮮兄弟，維予二人；無信人之言，人實不信。』（鄭風揚之水）

他如周南樛木，小雅南山有臺，與小雅采菽；小雅菁菁者莪，隰桑與鄭風風雨；其中或詩意相同，辭句相同。鄭振鐸文學大綱謂此種由一詩演變爲二爲三，其原因則由於流行之地域不同，辭句上不免有增減歧異之處；或以應用不同，遂不免有簡樸與增飾之殊。此詩歌之所以多相轉變者。章炳麟檢論正名雜義謂『韻文弦誦相授，素繇耳治。久則音節諧孰，觸激脣舌；不假思慮，而天縱其聲。是故後代新曲，往往襲用古辭。』此詩歌之多相因襲者。呂氏春秋塗山氏之歌『候人兮猗』，有娀氏之歌「燕燕往飛」；與曹風之『彼候人兮』，衞風之『燕燕于飛』；異時異地，而有其因襲轉變之迹；此又可爲詩經三百篇中之佐證也。由此可知詩經乃集合各地之詩歌，歷長久時間，乃漸漸形成者也。

司馬遷史記孔子世家曰：『古詩三千餘篇，及至孔子，去其重，取可施於禮義；上采契后稷，中述殷周之盛，至幽厲之缺，始於衽席，故曰：「關雎之亂，以爲風始，鹿鳴爲小雅始，文王爲大雅始，清廟爲頌始。」三百五篇，孔子皆弦歌之，以求合韶武雅頌之音。』此言孔子去其重者，殆卽刪去此等重複類似之篇章也。惟後人多不以孔子刪詩之說爲然；孔穎達曰：『書傳所引之詩，見在者多，亡逸者少；孔子所錄，不容十分去九。』（詩譜敍疏）又曰：『季札歌詩，風有十五國，其名皆與詩同，惟次第異。則仲尼以前，篇目先具，其所刪削，蓋亦無多。史記云：「古詩三千餘篇，孔子取三百五篇，」蓋馬遷之謬。』（左襄二十九年傳疏。）夫古詩之果爲三千與否，固未能確定；而謂古詩僅此三百，亦不可信。三百篇外之詩歌，見於古籍而遺存於今者，亦可得數十首。詩經殆必爲孔子所刪修編定；惟當時通行最廣，流傳最盛，諷誦最多者，蓋僅此三百；孔子亦因其俗耳。三百之外，則或以意義辭句，重複過多；或以不合其應世致用之目的；孔子遂不錄耳。

第七章　詩經文辭之由來

在詩經作述之前，已有易經書經二書。莊子曰：『詩以道志，書以道事，易以道陰陽』（天下篇）；太史公曰『書以道事，詩以達意，易以道化，』（史記自序。）書經爲紀事之體，易經爲哲理之書，皆理智之文字，與詩之所以發抒情感意志者，絕不相侔。惟虞書載舜與臯陶之賡歌：

『股肱喜哉，元首起哉，百工熙哉！』（帝舜）

『元首明哉，股肱良哉，庶事康哉！』（臯陶）

『元首叢脞哉，股肱惰哉，萬事墮哉！』（臯陶）

右詩，君臣互相頌德責善，由四言三章而成，每句用韻，用反復漸進之格。此實爲詩經篇法之祖。蓋胸懷情緒，誠非反復漸進，咏嘆而出，不足以暢達之，而詞語之間一經反復，愈覺其意志之堅，情感之厚。三百篇中，大都篇分數章，章各有旨；而各章詞句，不甚差異；周而復始，嗟嘆詠歌。聆受者，一面得以舒徐之態，解其意而不厭其雷同；一面又得卽其反復不斷之音，覺其情之深切。此誠表情文辭之良格，而實祖法於虞廷賡歌也。

詩經修辭之法曰賦，比，興。文心雕龍釋之曰：

『賦者，鋪也鋪采摛文體物寫志也。』（詮賦篇）

『比者，附也附理者切類以指事。』（比興篇）

『興者，起也起情者依微以擬議。』（比興篇）

賦乃修辭之鋪陳法，故重在描寫；漁洋詩話曰：『余因思詩三百篇，眞如化工之肖物。如碩人次章，寫美人之姚冶。七月次章，寫春陽之明麗；而終以「女心傷悲，殆及公子同歸。」東山之三章「我來自東，零雨其濛鸛鳴於垤婦歎於室；」四章之「其新孔嘉，其舊如之何？」遠歸之悄，遂爲六朝唐人之祖。無羊之「或降於阿，或飲於池或寢或訛爾牧來思，何蓑何笠；或負其餱麾之以肱，畢來既升。」字字寫生，恐史道碩戴嵩畫手，未能如此極妍盡態也。』此足見詩人描寫之手段也。比乃借彼喻此，爲修辭中之象徵法；興則因彼及此，聯想法也。文心雕龍曰：『觀夫興之託諭，婉而成章，稱名也小，取類也大。關雎有別，故后妃方德；尸鳩貞一，故夫人象義。……且何謂比？蓋寫物以附意，颺言以切事者也。

故金錫以喻明德，珪璋以譬秀民，螟蛉以類教誨，蜩螗以寫號呼，澣衣以擬心憂，席卷以方志固；凡斯切象，皆比義也。至於麻衣如雪，兩驂如舞，若斯之類，皆比類者也。』（比興篇）此明詩人比興之法也。

三者之中，賦尚直陳，最爲簡單；比取譬喻，已較委婉；興則託事於物，最爲隱晦。修辭尚婉晦，忌直率，故尤重比興之法。考比興之法，實源自易經。章實齋文史通義易教下曰：『象之所包廣矣，非徒易而已，六藝莫不兼之；蓋道體之將形而未顯者也。雎鳩之於好逑，樛木之於貞淑，甚而熊蛇之於男女；象之通於詩也。……易象雖包六藝，與詩之比興，尤爲表裏。夫詩之流別，盛於戰國人文，所謂長於諷諭，「不學詩，無以言」也。然戰國之文，深於比興，卽其深於取象者也。莊列之寓言也，則觸蠻可以立國，蕉鹿可以聽訟。離騷之抒憤也，則帝闕可上九天，鬼情可察九地。他若縱橫馳說之士，飛箝捭闔之流，徙蛇引虎之營謀，桃梗土偶之問答，愈出愈奇，不可思議。』蓋一切事物之象，紛繁錯雜，而可以類通之；學者之要，貴乎知類。易卽言事物之象，使之通於類者也。（說亦本章氏）故修辭比喻取象之法，其原理之成立，卽基於此。則詩經及後代文學，文辭之發達，皆原於易也。『易之興也，其當殷之末世，周之盛德耶！當文王與紂之事耶！』（繫辭文）吾國上古詩歌雖或發達，而文學上修辭之進步，必在易經與起之後；是以詩經三百篇，大部皆周後之作；於此可見易與詩之關係矣。

第八章　詩經之時代與地域

欲考詩經之時代與地域，當先明風，雅，頌體製之殊。子夏詩敍云：『上以風化下，下以風刺上，主文而譎諫，言之者無罪，聞之者足以戒，故曰風。是以一國之事，繫一人之本，謂之風；言天下之事，形四方之風，謂之雅。雅者，正也，言王政之所由廢興也。頌者，美盛德之形容，以其成功告於神明者也。』蓋社會風俗之善惡，繫乎政治之良否；故觀其地風俗，亦可以推知其已往之政治；風詩即地方歌謠也。雅言政治之興廢，爲政治文學；頌以贊揚功德，則爲讚美文學也。惟周南，召南，辭稱江漢；序謂自北而南；實爲周室推行教化之詩。豳風諸詩，亦多與周初政治有關。顧亭林日知錄云：『周南召南，南也，非風也；豳謂之豳詩，亦謂之雅，亦謂之頌，而非風也。南，豳，雅，頌，爲四詩，而列國之風附焉。』故由南豳雅頌，可以覘商周政事之興衰；由列國之風，可以窺見各地社會風俗。欲考詩經之時代，宜以南豳雅頌爲主；欲考詩經之地域，則固當由列國之風也。

凡一代之興衰，必有其時代精神，相與終始。詩經各篇，作在何時，多有不能確定者。商頌五篇定爲殷朝作品。羅振玉殷商貞卜文字考謂卜辭中所貞之事，祀與田獵，幾居其半。則尙武力重祭祀，實爲殷代之精神。其見於商頌者，如長發之詩曰：

『武王載旆，有虔秉鉞，如火烈烈，則莫我敢遏！』

殷武之詩曰：

『撻彼殷武，奮伐荆楚！』

可見其時之尙武功也。又於那烈祖二詩，幷可推見其祭祀儀式之盛。商頌五篇外，其餘大都皆周詩也。如文王大明緜思齊皇矣文王有聲，鴟鴞諸篇，可確定爲周初時之作品；崧高烝民諸篇，可確定爲周宣王中興時作品；如正月繁霜，雨無正諸篇可定爲東遷以後之篇什。此外則和平安樂讚揚詠歎之辭，如關雎，麟趾，棫樸，旱麓，行葦，鳧鷖等，大都爲太平時代之詩歌；周初作也。若夫怨曠流離，悲憤感慨之聲，如節南山，十月之交，小旻，巧言，大東，北山，召旻諸篇，則大率周室東遷前後之作品。有周一代，其特殊精神，可約略舉爲數點：

（一）重農業也。周室之興，基於農業，見之生民，公劉，七月，思文，閟宮，諸詩，固無俟深論。又於臣工，意嘻，載芟良耜，諸詩，均可推見其重農之意。周室既衰，則土地荒蕪，婦人不與蠶織；如召旻『民卒流亡我居圉卒荒』，瞻卬『婦無公事休其蠶織』，農業之衰也。

（二）崇封建政治也。如采菽『君子來朝何錫予之？』崧高『登是南邦，世執其功；』韓奕『錫山土田，於周受命』，皆可見其時封建政治之盛也。

（三）尊禮樂也。周室之重禮樂，如關雎，鵲巢之於婚嫁；旱麓，天保，棫樸，執芟之於祭祀；鹿鳴，伐木，行葦，彤弓之於燕會；靈台之於游觀；韓奕之於朝覲；皆可藉以推見當代禮樂文物之盛。

（四）崇宗族倫理也。生民之『有部家室，』公劉之『君之宗之，』緜之『俾立室家；』必使人民安其家室。而亦先齊家親族，以爲人民之模範。故周室之興，亦由於內有賢后，此可於大明思齊之詩見之；所謂『刑于寡妻，至於兄弟，以御於家邦』也。讀常棣，伐木，行葦，諸詩，亦可見其敦和兄弟，親睦九族之意。板之詩曰：『大邦維屏，大宗維翰；懷德惟民，宗子惟城。』宗族倫理與政治作用，當時殆有密切關係者。

詩經之時代，只能考較其大略。自鄭玄詩譜以下諸作，必欲考訂其何王何時，膠柱鼓瑟，大可不必矣。

班固漢書地理志曰：『凡民幽五常之性，而其剛柔緩急音聲不同，繫水土之風氣，故謂之風；動靜無常，隨君上之情欲，故謂之俗。孔子曰「移風易俗莫善於樂」』詩樂與地方風俗，關係至切也。列國之風，因乎地理異勢，因節錄漢志之言如下：

秦風，豳風，（在今陝西。）昔后稷封斄，公劉處豳，太王徙岐，文王作酆，武王治鄗，其民有先王遺風。好稼穡務本業，故豳詩言農桑衣食之本甚備。天水隴西，山多林木，民以板爲室屋；及安定北地上郡西河皆迫近戎狄，修習戰備，高上氣力，以射獵爲先，故秦詩曰：『在其板屋』；又曰：『王子興師，修我甲兵，與子偕行。』及車轔四載小戎之篇，皆言車馬田狩之事。

唐風，魏風，（在今山西。）其民有先王遺教，君子深思，小人險陋。故唐詩蟋蟀，山樞，葛生，之篇曰：『今我不樂，日月其邁。宛其死矣，他人是媮。百歲之後，歸於其居。』皆思奢儉之中，念死生之慮。

鄭風，陳風，衛風，（在今河南。）士陿而險，山居谷汲，男女亟聚會，故其俗淫。鄭詩曰：『出其東門，有女如雲；』又曰：『溱與洧，方灌灌兮。士與女，方秉菅兮，恂盱且樂。惟士與女，伊其相謔。』此其風也。好祭祀，用史巫，故其俗巫鬼。陳詩曰：『坎其擊鼓，宛丘之下；亡冬亡夏，值其鷺羽。』又曰：『東門之枌，宛丘之栩，子仲之子，婆娑其下。』此其風也。衛地有桑間濮上之阻，男女亦亟聚會，聲色生焉，故俗稱鄭衛之音。

齊風，（在今山東。）臨菑名營丘，故齊詩曰：『子之營兮，遭我乎峱之間兮。』又曰：『俟我於著乎而。』此其舒緩之體也。其地負海舄鹵，五穀少而人民寡，乃勸以女工之業，通魚鹽之利；故其俗彌侈。

第九章　詩經聲律與音樂之關係

太史公謂：『詩三百篇，孔子皆弦歌之，以合韶武雅頌之音；然後禮樂可得而述。』是三百篇皆可入樂；左傳季札觀樂一節（襄二十九年傳）可證風雅頌皆可歌也。章炳麟菿漢微言謂：『詩者，被之管絃，用韻獨嚴。』自顧炎武以來，學者多研究詩經用韻之法；幷以詩經爲古之韻譜。最近丁竹筠毛詩正韻分部二十二，以詩經用韻不專在句尾，有『經韻』『緯韻』『間句韻』等之名目。嚴栗如此。詩雖不言四聲八病，而發詠成調，參差相應，自然合律。所當問者，時有古今，地有南北，字有更革，音有轉移，勢所必至；三百篇作之者，既非一人，采之者又非一國；以殊時異俗之詩，其韻安能盡合？而何以矩律之嚴整至此？意孔子就原采之詩，不惟刪去重複，編次其序，而於韻之未安者，亦時有改正，使合於雅言；所謂『詩書執禮，子所雅言』也。故曰：『吾自衞反魯，然後樂正；雅頌各得其所。』太史公申之曰：『孔子皆絃歌之。』孔子未定以前，或多不協於絃歌者。季札觀樂時，所歌篇什，恐不足於三百之數也。

孔子之精通樂律，於論語中已可見之；如言『師摯之始，關雎之亂，洋洋乎盈耳哉！』又『關雎，樂而不淫，哀而不傷。』皆嘉其音節中度；與樂記所云『亂世之音，怨以怒；亡國之音哀以思』正可對照者也。孔子之刪修詩經，蓋一面以達其應世致用之目的，一面又必以合於雅樂者爲標準。詩以樂爲標準，故如河水祈招之類，得詩而不得聲者而亦逸；（鄭樵說）如南陔等六篇笙詩，有聲無辭，而亦存。（朱熹說）其言曰：『放鄭聲，鄭聲淫；』又曰：『惡鄭聲之亂雅樂也；』孔子正樂云者，詩必合於雅言，聲必合於雅樂也。

風，雅，頌之分，固由其體製之殊，而亦因其音節之不同也。惠士奇曰：『風，雅，頌，以音別也。樂記：師乙曰「廣大而靜，疏達而信者，宜歌大雅；恭儉而好禮者，宜歌小雅。」據此則大小雅宜以音樂別之。』今考風雅之詩，章重節複；而頌詩章句雖多，仍未重複。且如清廟，時邁，昊天有成命，全篇無韻；思文末四句無韻，載芟末三句無韻。（詳見顧亭林詩本音）王國維謂風雅之用韻者，其聲促；頌不用韻者，其聲緩。（觀堂集林）則就風雅頌文辭中詞句，亦可推知其音節之不同矣。

總上以言，詩與樂二者，實有密切之關係。是以雅樂淪亡，新聲繼起；詩經在當時社會上之勢力，於以頓滅。

第十章　詩經與周代社會之關係

詩經之於周代社會，猶新約舊約之於基督教徒，荷馬詩之於希臘人也；其潛勢力之大，殆不可思議。孔子曰：『不學詩，無以言；』又曰：『詩，可以興，可以觀，可以羣，可以怨，邇之事父，遠之事君；多識於鳥獸草木之名。』學詩亦所以應世致用。考當時社會上應用詩經，可分下列四種：

（一）典禮　典禮之用於神者爲祭祀，用於人者爲宴會。頌詩皆用於祭祀；他如大雅之旱鹿，天保，棫樸；小雅之楚茨，甫田等篇，皆可藉以窺見當時祭祀之儀式。有瞽之詩曰：

『有瞽有瞽，在周之庭，設業設虡，崇牙樹羽，應田懸鼓，鞉磬柷圉；既備乃奏，簫管備舉，喤喤厥聲，肅雝和鳴，先祖是聽。我客戾止，永觀厥成。』

則可見當時祭祀樂歌舞三者合作也。宴會之詩，如鹿鳴，燕會，彤弓，既醉諸詩，皆可因以覘當代宴會之儀式。儀禮鄉飲酒，燕禮，鄉射禮，大射儀諸篇，亦皆有樂工歌詩之記載。蓋樂詩之用，所以增高宴會之歡樂，與扶助禮節之進行也。

（二）諷諫　班固漢書食貨志『古者以木鐸巡於路，采詩，獻之太史比其音律，以聞於天子。』鄭玄答張逸問『國史采衆詩時明其好惡令瞽矇歌之』是風雅頌者本諷諭之聲；所謂『言之者無罪，聞之者足以戒也。』風有風諫之意，雅言王政之所由廢興；故大部含有警戒與規勸之意。至如葛風：『維是褊心，是以爲刺！』節南山：『家父作誦，以究王訩；』何人斯：『作此好歌，以極反側；』此等諷刺作意，直見於詩者，則尤顯然者也。

（三）賦詩　宴會賦詩，殆成當時之一種習俗；雖未列爲典禮，而當時視之甚爲重要。蓋對人之好惡，自身之休咎，胥以是覘之也。春秋傳紀載此類甚夥，爰錄一二以爲例：

僖十二年傳：他日公享之。子犯曰：『吾不如衰之文也，請使衰從。』公子賦河水，公賦六月；趙衰曰：『重耳拜賜。』公子降拜稽首；公降一級而辭焉。衰曰：『君稱所以佐天子者命重耳；重耳敢不拜？』

昭十二年傳：宋華定來聘，……公享之，爲賦蓼蕭，弗知；又不答賦。昭子曰：『必亡！宴語之不懷，寵光之不宣，令德之不知，同福之不受，將何以在？』

（四）言語　詩經流傳於社會既廣；故時人每諷誦其中一二句，雜在言語中，以發抒其心意；或以爲討論宣傳之證助，或以爲辨論諷諫之根據；舉左傳一段爲例如下：

晉師從齊師，入自丘輿，擊馬陘。齊侯使賓媚人賂以紀甗，玉磬與地；……晉人不可，曰：『必以蕭同叔子爲質，而使齊之封內盡東其畝。』對曰：『蕭同叔子，寡君之母也；若以匹敵，則亦晉君之母也。吾子布大命於諸侯，而曰必質其母以爲信，其若王命何！且是以不孝令也。詩曰：「孝子不匱，永錫爾類，」若以不孝令於諸侯，其無乃非德類也乎？先王疆理天下，物土之宜而布其利；故詩曰：「我疆我理，南東其畝。」今吾子疆理諸侯，而曰盡東其畝而已，唯吾子戎車是利，無顧土宜，其無乃非先王之命也乎！……今吾子求合諸侯，以逞無疆之欲，詩曰：「布政優優，百祿是遒，」子實不優而棄百祿，諸侯何害焉！……』晉人許之。

由上四者以觀，詩經在當時社會之潛勢力，可謂至大。章實齋文史通義詩教下謂六藝以詩教爲最廣；秦人禁詩書，書闕有間，而詩篇無有散失。蓋後世竹帛之功，勝於口耳；而古人聲音之傳，勝於文字；詩藉聲音以傳之故也。詩經之印於當時人民心理上者甚深；當時社會秩序與封建政治所以能維繫如此之久，各地民族所以能漸次融合，詩之力，豈淺鮮哉？

洎乎戰國，社會劇變，與春秋時之習尚，大不相同。顧亭林日知錄謂『春秋時猶尊禮重信，而七國則絕不言禮與信矣；春秋時猶宗周主，而七國則絕不言王矣；春秋時猶嚴祭祀重聘享，而七國則無其事矣；春秋時猶論宗姓氏族，而七國則無一言及之矣；春秋時猶宴會賦詩，而七國則不聞矣；春秋時猶赴告策書，而七國則無有矣。』觀戰國策中絕無徵引詩經中之詞句；蓋祭祀聘問宴會等等，典禮蕩失，詩經之應用亦漸銷亡。此可見詩教之流行與否，關於周代氣運之消長也。

第十一章　詩經對于後代文藝之影響

歐洲而無荷馬詩，則魏琪爾（Virgil），但丁（Dante），米爾頓（Milton）諸人，或永不產生於世上；中國而無詩經，則楚辭以下之文藝，亦將無以產出歷史上連綿生長之關係，亦可於文藝觀之也。

周漢以來之詩歌，殆莫不原於詩經。摯虞文章流別論曰：『古之詩有三言四言五言六言七言九言。古詩率以四言爲體，而時有一句二句，雜在四言之間，後世演之，遂以爲篇。古詩之三言者，「振振鷺」「鷺于飛」之屬是也；漢郊廟歌多用之。五言者，「誰謂雀無角，何以穿我屋？」之屬是也；於俳諧倡樂多用之。六言者，「我姑酌彼金罍」之屬是也；樂府亦用之。七言者，「交交黃鳥止於桑」之屬是也；於俳諧倡樂多用之。古詩之九言者，「洞酌彼行潦挹彼注茲」之屬是也；不入歌謠之章，故世希爲之。夫詩雖以情志爲本，而以成聲爲節，然則雅音之韻，四言爲本，其餘雖備曲折之體，而非音之正者也。』此言後代詩體，皆淵源於詩經，誠然；若必以四言爲正，則失之固矣。蓋吟詠性情，古今所同，而聲律調度，隨世而遷，非可加以遏抑。章炳麟曰：『三百篇者，四言之至也。在漢獨有韋孟，已稍淡泊；下逮魏氏樂府，獨有短歌善哉諸行爲激昂也。自王粲而降，作者抗志欲返古初；其辭安雅，而情弛無節者衆。若束晳之補亡詩，視韋孟猶登天；嵇，應，潘，陸，亦以楛窳。「悠悠大上，民之厥初；於皇時晉，受命既固；」蓋庸下無足觀；非其才劣，蓋由四言之埶盡矣。』一代有一代之所勝；必謂後不如古，此儒生陋見，不足爲訓。故欲考詩經對於後代文藝之影響，毋寧於實質上求之。

章實齋曰：『學者惟拘聲韻謂之詩；而不知言情達志，敷陳諷諭，抑揚涵泳之文，皆本於詩教。』（詩教下）又曰：『戰國者，縱橫之世也。縱橫之學，本於古者行人之官。觀春秋之辭命，列國大夫聘問諸侯，出使專對；蓋欲文其言以達旨而已。至戰國而抵掌揣摩，騰說以取富貴；其辭敷張而揚厲，變其本而加恢奇焉；不可謂非行人辭命之極也。孔子曰：「誦詩三百，授之以政，不達；使於四方，不能專對；雖多，奚爲？」是則比興之旨，諷諭之義，固行人之所肆也。縱橫者流，推而衍之；是以能委折而入情，微婉而善諷也。』（詩教上）又曰：『獨謂詩教廣於戰國者，專門之業少，而縱橫騰說之言多；後世專門學術之書絕，而文集繁；雖有醇駁高下之不同，不過自抒其情志。故曰：後世之體，皆備於戰國；而詩教於是可謂極廣也。』（詩教下）詩經之可貴，尤在其比興之旨，諷諭之義。後世不特詩歌之體，凡屬發抒性情，抑揚涵泳之作，皆源本於此；而直接承受於詩經者，戰國文學也。

第十二章　戰國時代與楚辭之發生

凡一種文藝之發生，必有其時代爲之背景。戰國當封建制度衰敗之後，一政治學術分裂之時代也。莊子天下篇：『悲夫百家往而不反，必不合矣！後世之學者，不幸不見天地之純古人之大體，將爲天下裂！』凡百事業，分裂則互相競爭，競爭乃能發達；分裂則業各有專，業專則其進步也速。章實齋文史通義詩教上：『周衰文弊，六藝道息，而諸子爭鳴。蓋至戰國而文章之變盡；至戰國而著述之事專；至戰國而後世之文體備。』又『三代盛時，各守人官物曲之世氏，是以相傳以口耳；而孔孟以前，未嘗得見其書也。至戰國而官守師道之傳廢，通其學者，述舊聞而著於竹帛焉。……然則著述始專於戰國，蓋亦出於勢之不得不然矣。』學術分裂，著述專門，文藝當然亦隨以促進。其最顯著者，隋志所錄，別集之流行，始自荀卿；則文學之專籍，實始於是。古無文學專家。三百篇及其他古籍所傳詩歌之類，大半不得作者主名；且多爲代表社會之作品，不足以表現一人之個性。他如周，孔，孟，荀之徒，以其餘力及於文藝，不能謂爲文學專家；文學專家之始，當推始屈原。業分乃能專，業專乃能各極其致；則楚辭之發生，戰國時代爲之也。

當文化漲達至最高潮之際，文學亦必與爲平行線之發展。戰國者，縱橫之時代也；蘇張之流，無論矣；即孟荀之徒，亦各具有縱橫游說之風。章實齋謂『九流之學，承官曲於六典。雖或原於書，易春秋，其原多本於禮教，爲其體之有所該也；及其出而用世，必兼縱橫，所以文其質也。古之文質合於一，至戰國而各具之；質當其用也。必兼縱橫之辭以文之；周衰文弊之效也。故曰：戰國者，縱橫之世也。』（詩教上）是以當戰國之時，諸子百家各抒言論，皆含文學之意味，優美文學亦隨以出現，自在意計之中。文心雕龍時序篇：『春秋以後，角戰英雄，六經泥蟠，百家飆駭；……唯齊楚兩國，頗有文學。齊開莊衢之第，楚廣蘭台之宮；孟軻賓館，荀卿宰邑；故稷下扇其清風，蘭陵鬱其茂俗；鄒子以談天飛譽，騶奭以雕龍馳響；屈平聯藻於日月，宋玉交彩於風雲；觀其艶說，則籠罩雅頌。故知暐燁之奇意，出於縱橫之詭俗也。』是可知楚辭幽遠詭異之想，雄大宏麗之辭，必適合於戰國時代而發生也。

第十三章　詩樂之衰歇與楚辭之興起

吾國文藝之變化，與音樂之變遷，互爲因果。戰國之時，詩經之應用，漸以泯失；一方固由於政治與社會之劇變，一方亦由於音樂上之發生變化也。論語：『太師摯適齊，亞飯干適楚，三飯繚適蔡，四飯缺適秦，鼓方叔入於河，播鼗武入於漢，少師陽，擊磬襄入於海。』蓋當時官失其業而分散，雅樂由是淪亡而不可復；孔子雖曰正樂，而時勢如此，亦末如之何矣。推厥其由，則以當時：

（一）鄭衛之音流行也。孔子嘗以『放鄭聲』『惡鄭聲之亂雅樂』爲言；則鄭衛之音，在春秋時漸已盛行。國語載晉平公好新聲，孟子言齊宣王好世俗之樂，殆卽此鄭衛之音也。樂記謂『鄭衛之音，亂世之音也，……桑間濮上之音，亡國之音也。』然魏文侯聽鄭衛之音，則不知倦，古樂則臥；時勢如此也。

（二）器樂之興盛也。春秋所用樂器，與戰國不同，除琴瑟鐘鼓之外，春秋以鼗磬柷敔，木石樂器爲多；戰國則以竽箏筑缶，絲竹爲多。國策所載『高漸離擊筑，』韓非子『齊宣王使人吹竽，必三百人』諸文可證也。

鄭衞之音與，雅樂以亡；器樂起，而詩與樂漸離。如荀卿俛詩，大都不歌而誦者；此詩樂之所以衰歇也。

惟所謂鄭衞之音者，『哀以思，怨以怒』大都纏綿悱惻，婉轉柔和，令人喪失志氣也。此等音樂，在列國爭雄，兵戈相見之時，又不適合。故別有秦聲之歌缶烏烏，荆卿之羽聲慷慨，正與柔靡之音相反；而楚聲之起，卽其異源同流也。項羽垓下，漢高大風，可證楚聲之激昂慷慨，與詩樂之溫柔敦厚又不同。陳鐘凡先生韻文通論謂離騷一篇用模韵者四十有八，哈韻二十有六，歌蕭韻各十有二，洪音爲多；三百篇則細聲爲多。二者用韻不同，以其合樂者有別；一則雄渾，一則凄淸也。隋書經籍志謂『僧道騫者，能爲楚聲，音韻淸切』是可知欲明楚辭之音讀，當先知楚聲也。至楚辭之合於樂舞，則可以九歌本文爲證：

顧懷羌聲色兮娛人！觀者憺兮忘歸！緪瑟兮交鼓，簫鐘兮瑤簴，鳴篪兮吹竽；思靈保兮賢姱，翾飛兮翠曾；展詩兮會舞，應律兮合節；靈之來兮蔽日！（東君）

揚枹兮拊鼓，疏緩節兮安歌，陳竽瑟兮浩唱……五音紛兮繁會。（東皇太一）

他如離騷結末有『亂曰』一段，九章抽思有『少歌曰』一段，又有『倡曰』一段；『亂』『倡』『少歌』皆樂節之名。是可知詩經雅樂之衰歇，楚騷乃繼而代之。文心雕龍辨騷篇所謂『自風雅寢聲，莫或抽緒，奇文鬱起，其離騷哉！』

第十四章　楚國地理民族語言與楚辭之關係

楚辭之名，謂屈宋諸騷皆爲楚語，作楚聲，紀楚地，名楚物，故謂楚辭。鹽谷溫中國文學概論：『楚辭者，楚國之文學也。古代漢族之文明，先發自黃河沿岸所謂中原之地，文教早開。然南方之揚子江流域，王化所及甚遲；故詩經十五國風之中無楚風。考楚之文學，實始於戰國時，屈原爲之祖。然凡物之起，必有原因。如楚辭之雄麗文學，非突然而出。必因鬻熊在數百年前，所蒔之種子，久已萌芽，文教漸開；復由左史倚相等培養之，遂出屈宋之大文豪。惜舊史殘闕，文獻不足徵。』凡吾中國民族，經一次同化作用，文學界必放一異彩。楚在春秋，視爲蠻夷之邦；春秋中葉以後，漸漸爲諸夏所同化。至戰國，楚國人在中國民族中，正如初長之新分子；其習尙信巫鬼，含有神祕意識與虛無理想，一與中原舊民族之現實倫理的文化相接觸，自然當產生一種新文明。其體現於文藝上者，卽楚辭也。

漢書地理志曰：『楚有江漢川澤山林之饒；江南地廣，或火耕水耨；民食魚稻，以漁獵山伐爲業；果蓏蠃蛤，食物常足；故呰窳偸生，而亡積聚；飲食還給，不憂凍餓，亦亡千金之家；信巫鬼，重淫祀。』此則與黃河流域濁水土山，非操作無以自存，其風土固迥殊也。離騷言虙妃之所在，見有娀之佚女；留有虞之二姚，聊浮游而求女，命靈氛爲吉占，皇剡剡其揚靈；尙不過借題託興，抒發其惓勤懇切之懷。至瑰意奇行，超然高舉，縹馬閬風，驂漓西極，埃風而上征，過江臯而延佇，顧下土而愁予，與佺期以爲友；益杳冥恍惚，汪洋恣肆，逍遙涵泳於想像界而出乎人間世。此種浪漫之思想，固與三百篇寫實之文，語語不離日用常行之間，其趣異也。蓋山川奇麗，人民愛美之情特著；山澤富饒，無飢寒凍餒之慮，俗信巫尙鬼，神話發達，好騁懷於閎偉窈渺之理想界；天問九歌諸歌，遂開後來神話小說之原。觀於詩經與楚辭，亦可以知吾國南北民情之異趣，關於地理者至鉅焉。

文學音樂與語言，皆互有傳播之功用。當時楚聲之盛行，楚辭之發生與楚語之流行，其間關係有大可注意者。許愼說文敍謂七國之時，言語異聲。蓋當時各地語言，互相通行，漫無標準。左傳中多載有楚語，如曰：『楚人謂乳穀，謂虎於菟；』曰：『篳路襤褸，以啓山林，』揚雄方言謂『襤褸，南楚語也。』又莊公二十年傳：『楚令尹子元伐鄭，入自純門及逵市，縣門不發，楚言而出。』可見其時楚語之流通於各地。而楚語詩歌之流行，則又遠在春秋之前；說苑載有一首『薪乎，萊乎：』

薪乎，菜乎！無諸御已，訖無子乎！
菜乎，薪乎！無諸御已，訖無人乎！

他如孫叔敖歌（見史記，）越歌謠（見風土記，）漁父歌三首（見吳越春秋，）越人歌（見說苑），庚癸歌（見左傳，）接輿歌（見論語，）滄浪歌（見孟子，）吳夫差時童謠（見述異記，）可考者不下數十首；楚語詩歌之流行，又必爲離騷九歌之始祖。今觀離騷中宿莽，羌，憑，諑，侘傺，蓴等，皆爲楚語；而其所以崛起風行者，則與楚語楚聲之流行，殆互相爲因果也。

第十五章　詩騷賦三者之遞嬗及其區別

時至戰國，國器樂既盛，詩與樂漸離，荀卿佹詩，殆同散體：

道德純備，讒口將將。仁人絀約，敖暴擅強；天下幽險，恐失世英。……昭昭乎其知之明也，郁郁乎其遇時之不祥也。拂乎其欲禮義之大行也。……

此等詩，決非以合樂者；蓋至此已開詩與樂府分離之漸。不歌而誦之賦，於以成立；且句調參差，一變詩經四言整齊之式，又復與楚語詩歌相近。至於成相雜辭，雜陳古今治亂興亡，託聲詩以風時君；與離騷用意相同，實開楚辭之肇端。蓋荀卿之詩，傳於子夏；又嘗適楚為蘭陵令；詩之變為楚騷漢賦，荀卿至有關係者也。

昔漢武好騷，淮南作傳，以為『國風好色而不淫，小雅怨誹而不亂；若離騷者，可謂兼之。』騷固承於詩者也。然離騷全篇以十四節四十七章而成；與詩之以二三章，反復漸層法而成者不同；此其別者一。詩之詞句，雖亦間有五言七言八言九言，大抵以四言為正；形式整齊不合於縱橫修短。楚辭詞句長短自在，且每句以兮字爲讀，韻律和緩。此其別者二。楚辭文詞，閎博富麗，其思想幽遠詭異，實爲漢後神怪小說之濫觴，與詩之切近實際人生者，其別三矣。

文心雕龍謂『離騷軒翥詩人之後，奮飛辭家之前，氣往轢古，辭來切今；體漫於三代，而風雅如戰國；所謂雅頌之博徒，詞賦之英傑也。是以枚賈追風而入麗，馬揚沿波而得奇。』（辨騷）又『賦者，受命於詩人，而拓宇於楚辭也。』（詮賦）是騷承於詩，賦又承於騷，三者有連綿生長之關係也。然不歌而誦謂之賦，斯乃別成異派，不足與詩並列者也。史記言『三百五篇，孔子皆弦歌之，以求合韶武雅頌之音。』固皆被之管絃，協諸音律。宋書樂志錄『今有人』一歌，即用楚辭之山鬼，是又爲楚辭可歌之佐證。則詩騷與賦之僅供諷誦者不同，此其別一。離騷之文，依詩取興，引類譬諭，尙兼六義之旨。至其徒宋玉之作，漸乖比興，唯敷陳事物。迨及揚馬，競爲絢爛眩曜之詞，或述御苑之廣大，畋獵之壯觀，或寫神仙之奇跡，美人之麗色。其意雖在諷諫，然所爲靡麗之賦，勸百諷一，祇增君主驕奢之慾；如漢武帝讀司馬相如之大人賦而好神仙。揚雄云：『詩人之賦麗以則，辭人之賦麗以淫；』此賦與詩騷之別二。昭明文選，騷賦異部，不相雜廁；論者或議其繁瑣。劉氏文心辨騷詮賦，亦各名篇辭賓與賦異體。此其別三。

總上以言：詩騷賦三者，雖有其連綿生長之關係，而其區別自顯然者也。

第十六章　漢賦之源流與派別

賦源於戰國者，縱橫出自行人長短諸策實多口語案其本旨，無過數言，而務爲紛葩，期於造次可聽；溯其流別則亦不歌而誦之賦也。秦，代，儀，軫之辭所以異於子虛，大人者，亦有韻無韻云爾。章實齋文史通義詩教下：『傳曰「不歌而誦謂之賦；」班氏固曰「賦者古詩之流；」劉氏勰曰「六義附庸，蔚爲大國；」蓋長言吟歎之一變而無韻之文可通於詩者，亦於是而益廣也。屈氏二十五篇，劉班著錄以爲屈原賦也。漁父之辭，未嘗諧韻，而入於賦；則文體承用之流別，不可不知其漸也。文之敷張而揚厲者，皆賦之變體；不特附庸之爲大國，抑亦陳完之後，離去宛邱故都，而大啓疆宇於東海之濱也。』縱橫者，賦之本。古者，誦詩三百，足以專對。七國之時，行人折衝於尊俎之間；其說恢張譎宇，紬繹無窮；援譬引類，以解締結；誠文辯之雋，而卽賦之源也。京都諸賦，蘇張縱橫六國，侈陳形勢之遺也；上林羽獵，安陵之從田，龍陽之同釣也；客難解嘲，屈原之漁父卜居，莊周之惠施問難也；孟子問齊王之大欲，歷舉輕煖肥甘，聲音采色，七林之所啓也。詞賦源於戰國，可見矣。

七略次賦爲四家：一曰，屈原賦；二曰，陸賈賦；三曰，孫卿賦；四曰，雜賦。

言賦者，多本屈原。漢代自賈生惜誓上接楚辭，鵩鳥亦彷彿於卜居。而相如大人賦則自遠游流變者；枚乘又以大招招魂散爲七發。其後漢武帝悼李夫人，班婕妤自悼，及淮南東方朔劉向之倫，未有出屈，宋，唐，景外者也。此其流派一。

孫卿五賦，寫物效情。蠶箴諸篇，與屈原橘頌聲貌實異。其後鸚鵡焦鷯，時有彷彿之者。及宋世雪，月，舞鶴，赭白馬諸賦，皆屬焉。洞簫長笛琴笙之屬，宜法於荀卿者也。然其辭咸不類似，蓋荀卿之體已微矣。此其流派二。

屈原言情，荀卿效物；陸賈賦不可見，其屬有朱建嚴助朱買臣諸家，蓋縱橫之變也。武帝以後，宗室削弱，藩臣無邦交之禮，縱橫既絀，然後退爲賦家。時有解散，故用之符命，卽有封禪典引；用之自述，而答客解難興；文辭之繁，賦之末流也。此其流派三。

雜賦與縱橫稍出入，殆所謂『談言微中，亦可以解紛』者。文心雕龍諧隱篇曰：『昔齊威酣樂，而淳于說甘酒；楚襄讌集，而宋玉賦好色；意在微諷，有足觀者。及優旃之諷漆城，優孟之諫葬馬，並譎辭飾說，抑止昏暴。是以子長篇史列傳滑稽；以其辭雖傾回，義歸至正。』是則東方滑稽之流，又爲唐宋戲曲之淵源矣。此其流派四。

章炳麟曰：『自屈宋以至鮑謝，賦道既極。至於江淹沈約，稍近凡俗；庾信之作，去古踰遠。世多慕小園哀江南輩，若以上擬登樓閒居秋興蕪城之儕，其靡已甚。賦亡蓋先於詩。繼隋而後，李白賦明堂，杜甫賦三大禮；誠欲爲揚雄臺隸，猶幾弗及。世無作者，二家亦足以殿；自是賦遂滅絕。近世徒有張惠言區區修補黃山諸賦，雖未至庶幾李杜之倫，承千年之絕業，欲以一朝復之，誠難能也。』（國故論衡辨詩）賦源於戰國，而盛於兩漢；迨及魏晉，其勢漸衰矣。

第十七章　漢代詞賦發達之原因

文心雕龍時序篇：『逮孝武崇儒，潤色鴻業，禮樂爭輝，辭藻競鶩。……遺風餘采，莫與比盛。』則知漢代詞賦，至武帝之時，始臻極盛。究其原因，概有下列三種：

（一）社會之富厚也。文章之盛業，太平之產物也。漢承衰周暴秦之後，戶口稀少，民生凋敝。經文景休養生息，勸農桑，薄賦斂，寬刑罰，吏安其居，民樂其業。及武帝之初，七十年間，國家無事；非遇水旱，則家給人足，廩庾豐滿，而府庫餘財，京師之錢，貫朽而不可較；太倉之粟，紅腐而不可食。物質既已豐富，社會又已安定；而後思想乃得暇豫，精神愈益發抒。致力於鋪張揚厲之事，以求其肉體實感之樂，舉天下遂相放於淫侈。而寫其景況，狀其時運者，實爲詞賦；觀其文，足以知其時代之精神。此其原因一。

（二）民族之強盛也。文學之發達與否，關於民族勢力之消長。希臘文學，在其戰勝波斯之後，始行發達。羅馬文學，則與其帝國之盛衰，相爲終始；此其證也。漢武好大喜功，東服朝鮮，北降匈奴，又通西域，開闢閩越雲貴兩廣安南諸地；外拓國家之範圍，內闢僻壤之文化，使吾民所處炎黃以來之境域，日擴充而日平實；漢族之勢力澎漲，於此殆達極點。漢賦所鋪陳刻畫者，大之宮室都邑，小之一名一物，窮形盡相，極其瑰偉宏麗之致，實與漢代之國勢相呼應者。此其原因二。

（三）君主之好尚也。上有好者，下必甚；君主好尚影響於文藝界者至大。武帝篤好藝文，始以蒲輪迎枚生，見主父而歎息，讀子虛而善之，從枚皋使奏賦；擢用嚴助朱買臣吾丘壽王司馬相如東方朔等，並在左右，或見任用，或被親幸，或畜俳優；帝亦自善辭賦，漢志有上所自造賦二篇，可以知其所好尚矣。而當時賦家所揚厲，大抵校獵游仙，稱符頌聖，與其好大喜功之心相合；亦可覘當時之風會。漢初諸王，承戰國養客之習，其力又能招致；士亦喜就之。如梁孝王之門，有鄒陽乘枚莊忌司馬相如之屬。淮南王安博辨善爲文辭，招致賓客方術之士數千人。當時詞賦之興盛，實由此等君王之提倡。此其原因三。

（四）鄉學之發達也。自孔刱師儒之局，教育之權，禪在草野；故成德達材之任，端賴師儒之育成。中經秦亂，詩書散失。漢興田何，伏生，浮邱伯，申公，轅固，韓嬰之倫，以其學教授，徒衆甚盛。故賈誼以治左氏傳稱，王臧趙綰以通魯詩顯，倪寬以治尙書用，董仲舒以賢良進，公孫宏以春秋相，匡衡以善詩官；彬彬文學之士，要賴之於草野儒生之講學焉。郡國之間，如文翁之教化蜀郡，修起學官，弟子大盛，始有司馬相如王褒揚雄之屬。則鄉學之發達，與詞賦之興盛有關者也。此其原因四。

除上列四種原因外，漢賦之盛，亦由於當時小學之發達；待下章述之。

第十八章　漢賦與文字學之關係

文字者，文學之工具。文心雕龍練字篇『爾雅者，孔徒之所纂，而詩書之襟帶也；倉頡者，李斯之所輯，而鳥籀之遺體也。雅以淵源詁訓，頡以苑囿奇文；異體相資，如左右肩股。該舊而知新，亦可以屬文。若夫義訓古今，興廢殊用；字形單複，妍媸異體。心既託聲於言，言亦託聲於字；諷頌則績在宮商，臨文則能歸字形矣。』韓退之亦言作文須略識字；文字學之於文藝，關係至深也。

漢代注重小學，實爲歷朝最；司馬相如揚雄之徒，亦以其小學餘緒，發爲詞賦。文心雕龍練字篇：『漢初草律，明著厥法；太史學童，教試六體。又吏民上書，字謬輒劾；是以馬字缺畫，而石建懼死；雖云性愼，亦時重文也。至於孝武之世，則相如譔篇。至宣成二帝，徵集小學；張敞以正讀傳業，揚雄以奇字纂訓，並貫練雅頌，總閱音義。鴻筆之徒，莫不洞曉；且多賦京苑，假借形聲。是以前漢小學，率多瑋字，非獨制異，乃共曉難也。暨乎後漢，小學轉疎；複文隱訓，臧否太半。及魏武綴藻，則字有常檢；追觀漢代，翻成阻奧。』由此以觀，詞賦之消長，關於小學之盛衰也。

所以然者：吾國文字衍形，實從圖畫出。其構造形式，特具美觀；詞賦宏麗之作，實利用此種美麗字形以綴成耳。日本兒島獻吉支那文學史綱曰：『支那文字，以象形爲基礎；而指事會意形聲皆有一部分之象形。象形與圖畫，祇有精粗之異耳，試觀郭璞江賦，通篇文字中以水爲偏旁者，占十之五六。水象形字也；則滿目滔滔，長江萬里，流三江，注五湖之象，洋溢於紙上。更觀司馬相如之上林賦，篇中敍山者，崇峨崔嵬，嶄巖崛崎等字，皆冠以山。敍魚鳥者，亦如之，皆冠以魚鳥之偏旁。山與魚鳥，皆象形字也；故一篇文字，全體生動，善寫高山絕峯，峻極於天之雄勢；易使人想見鳥飛天魚躍淵之活境。皆於文字之構造含有圖畫性質之所致。』則可知吾國詞賦之體，乃根據文字形體之美麗以形成者也。

第十九章　漢賦與後代駢文之關係

文心雕龍詮賦篇曰：『原夫登高之旨，蓋覩物興情。情以物興，故義必明雅；物以情觀，故詞必巧麗。麗詞雅義，符采相勝；如組織之品朱紫，畫繪之著玄黃。文雖新而有質，色雖糅而有本，此立賦之大體也。』是可知詞賦之體，必先具明雅之義，感物之情，有本有質，而後以巧麗之辭附之，柔靡之色配之。辭采其末也，情感其本也。乃司馬相如之論賦曰：『合纂組以成文，列錦繡而爲質；一經一緯，一宮一商，此賦之迹也。賦家之心，包括宇宙，總覽人物；斯乃得之於內，不可得而傳。』（見西京雜記。）言賦內貴乎網羅宏富，而外則以經緯纂組宮商諧叶爲極則。惟以事類之宏富，與詞句之整飭爲主，而於情感意義，一未言及；賦之流弊，卽從此生矣。摯虞文章流別論曰：『古時之賦，以情義爲主，以事類爲佐；今之賦，以事形爲本，以義正爲助。情義爲主，則言省而文有例矣；事形爲本，則言富而辭無常矣。文之煩省，辭之險易，蓋由於此。夫假象過大，則於類相遠；逸辭過壯，則與事相違；辯言過理，則與義相失；麗靡過美，則與情相悖。』此言事類富麗，詞句華靡，文過其質，反而與情相悖，與義相失。漢魏以來，詞人淫麗，正坐此病也。

所謂纂組成文，錦繡成質，一經一緯，一宮一商；偏主形式之整飭；實開魏晉以後文辭駢儷之源。文心雕龍麗辭篇曰：『詩人偶章，大夫聯辭，奇偶適變，不勞經營。自揚馬張蔡，崇盛麗辭，如宋畫吳冶，刻形鏤法；麗句與深采並流，偶意共逸韻俱發。至魏晉羣才，析句彌密，聯字合趣，剖毫析釐。』蓋文章略內容而重外形，故惟以鋪張爲事，麗辭爲主。如司馬相如揚雄輩，好羅列事物，而用偶句；其後張衡蔡邕輩，專以華富爲旨，四六對偶之調漸多。柳宗元謂文章至東漢而衰；所謂八代之衰，始於此矣。魏曹植以曠世之逸才，專攻偶儷之文；鄴下七子，奮而和之；競尙綺麗之辭，晉陸機潘岳倣之，終現出四六橫流之世。南渡以後，文氣日趨卑弱；溯其所自，則漢賦開之也。

第二十章　駢文利弊對于中古詩歌之影響

由上以言：駢儷之體，源於漢魏，盛於南北朝。其在文學上之價值如何？有足論者。

考駢文之利，約有四端：

（一）符於心理聯想之法則　文心雕龍麗辭篇：『心生文辭，運裁百慮，高下相須，自然成對。』蓋以吾人心理，具有相反之聯想與類似之聯想二種。如易『滿招損，謙受益』由滿及謙，由損及益，此相反之聯想，所謂『理殊趣合』也。又如書『決九川，距四海』九川四海，此類似之聯想，所謂『事異義同』也。兩種聯想，皆合於心理之自然。此駢文之利者一。

（二）合於修辭之法則　文心雕龍麗辭篇：『若兩事相配，而優劣不均，是驥在左驂，駑爲右服也。若夫事或孤立，莫與相偶，是夔之一足，趻踔而行也。』均齊對稱，乃美之要件。修辭學上有對照（Antithesis）偶句（Paralles）二法：一則以二事相反，造成排對；一則以字句連誦，口調勻整；皆足以興起美感。吾國駢文，卽此二法之極致。此其長處二。

（三）合於中國文字之特性　駢文律詩，乃吾國所獨有。以吾國文字爲單音系一形具有一義一音也。對偶文辭之成立，卽根據於此。劉師培中古文學史：『准聲署字，修短揆均，字必單音，所施斯適。遠國異人，書違頡誦，翰藻弗殊，侔均斯遜。是則音泮輕軒，象昭兩比，物醜類泯，蹟從齊，切響浮聲，引同協異，乃禹域所獨然，殊方所未有。』可知駢文乃利用中國文字特殊之性質，以構成其整飾之形式。此其長處三。

（四）合於音樂之原理　駢文之爲體也，二句之中，旣長短相同，義取比對；又復準聲署字，於抑揚相間，合於音樂之原則。阮元文韻說曰：『八代不押韻之文，其中奇偶相生，頓挫抑揚，詠歎性情，皆有合於音韻宮羽者；詩騷而後，莫不皆然，而沈約矜爲剏獲。』蓋漢魏文辭之聲律，乃暗合於無心；沈約以後，四聲八病之說起，定韻協律，遂多出於意匠。散文之佳者，雖間亦具鏗鏘之音節，而無一定之規矩。此駢文之優四也。

至於駢文之弊，亦有四端：

（一）不便於發表思想也　爲文必以思想爲主。散文縱論，思易發皇；駢文整飭，思多含蓄。

問嘗論之：西漢文思倍於辭，東漢及魏晉思辭相稱，晉宋而思少絀，齊梁而思益絀；宜彥和憤疾時流，深惡痛斥文心雕龍所謂『肥辭瘠義』也。然其時儷文，篇中尚有意旨；至唐人始隨題敷衍，試觀四傑文，不論弘纖，而其無一貫之音，則可斷言。蓋惟求字句之對偶工整，遂致沈而不揚，滯而不達；或數句同意，或前後複出。此其弊一。

（二）不適於紀事也　史傳之文，以事實爲主，簡明爲本，無須字句整飭。劉知幾史通敍事篇論駢文不適於敍事曰：『其爲文也，大抵編字不隻，捶句皆雙，修短取切，奇偶相配；故應以一言蔽者，輒足爲二言；應以三句成文者，必分爲四句。』此宋祁爲新唐書所以力避排偶，其言曰：『以對偶之文入史策，如紛黛飾壯士，笙匏佐鼙鼓，非所施。』則知紀載之作，以散爲宜。此駢文之弊二。

（三）不易表現個性也　駢文惟求對偶，故多取事類，以綴篇幅。於是翻用類書，競尚堆積；繁雜失統，索寞乏氣。文中風骨無存，遂不見有我矣。此其弊三。

（四）失去自然樸素之美也　駢文惟尚麗句整辭，於是摛藻揚葩，潤聲塗澤；專求矯飾，不顧內涵，偏重人工，不合自然；反失其美。此其弊四。

由上以言：駢儷之文，不宜於論說紀事也。周秦諸子，論說之文，後代罕能幾及。至紀事文之發展，則以漢晉間爲最，而衰歇於齊梁也。司馬遷史記爲後代史書祖法，固矣；唐宋古文家敍事之作，莫不以是爲準的。他如元明小說水滸傳等，亦多藍本於史記。是後史書如班固漢書，陳壽三國志，亦史書矜式也。雜記小說如神異經，海內十洲記，洞冥記，漢武內傳，搜神記，神仙傳，西京雜記，漢武故事，飛燕外傳，雜事秘辛，等書，皆漢晉間作品，上接周秦諸子之寓言，下開唐宋以後之小說。張衡西京賦曰：『匪惟玩好，迺有祕書；小說九百，本自虞初。』漢晉間，紀事散文，可謂臻於極盛矣。迄於齊梁，所作史籍，遠遜於漢晉；小說雜記之體，亦不多覯。蓋駢儷之體，雖源於漢魏，實靡於齊梁，其時風尙漸趨淫麗柔靡。范曄獄中與諸甥書曰：『常恥作文士文，患其事盡於形，情急於藻，義牽其旨，雖時有能者，多不免此累；政可類工巧圖繢，竟無得也。』可謂斥中時敝矣。駢儷體不適於紀事之作，故南朝史書小說遠遜於前代也。

若其影響於詩歌者，試比較漢魏與六朝變異之處，卽可知矣。古詩十九首，大都逐臣棄妻，朋友闊絕，游子他鄉，死生新故之感，家國亂離之痛；其他如建安諸作，狎池苑，敍酬宴，大都爲抒情之什。至蔡琰悲憤詩，歷敍流離，文朴質而意沈痛；開唐人杜甫一派。廬江小吏妻詩，凡千七百四十五言，雜述十數人口吻，聲情畢肖；開唐人白居易一派。他如上留田秋胡行孤兒行隴西行婦病行諸篇，皆可藉以推見當時社會情形。記事寫實之盛，漢魏間，殆可謂空前絕後者。晉代競尙玄虛，永嘉詩體平典似道德論，淡乎寡味。下逮宋初，劉勰謂『老莊告退山水方滋；儷采百家之偶，爭價一句之奇；情必極貌以寫物，辭必窮力而追新。』（文心雕龍明詩篇）蓋至此變爲山水詩矣。迨於梁陳，徐庾競尙輕艷，號爲宮體；開唐初律體之源。又如子夜淸商之曲，清溪小姑之篇，亦惟男女情懷，神靈思想而已；固未有紀事述作也。由上以觀：漢魏間詩歌，偏於紀事寫實，文尙疏朴。晉宋以還，又偏於描寫景物，詞尙清麗。實於文章之由散而趨駢，同其流也。至其原委，待下章述之。

第二十一章　中古詩歌寫實與寫景之兩大潮流

寫實之作，本謂以科學態度，描寫片段之人生，毫不雜以主觀情緒者。中國無純粹寫實詩，其有近似者，姑以寫實名之。由上章以言，漢魏寫實詩大為發達；由晉宋及於齊梁，則實景詩轉盛；此中古詩歌之兩大潮流；而集其成者，則在唐代。試分述其源流如下：

詩經三百篇中，不乏敍事詩，如生民篤公劉諸篇，亦可因以推見古代政俗情形；惟夸飾太過，且間雜神話，不得謂之寫實詩。寫實詩之最早者，當推孔雀東南飛與蔡琰悲憤詩。可分為問題派與悲憤派：

（一）問題派　孔雀東南飛當為魏晉人作品，委婉往復，讀之令人心中發生社會上種種問題；開唐人白居易一派。白氏秦中吟之議婚，重賦，傷宅等，新樂府之新豐折臂翁，賣炭翁，鹽商婦等，為明王冕鴝鵒謠江南婦諸篇所本；其長恨歌，則清吳偉業之永和宮詞，王闓運之圓明園詞，承其流也。

（二）悲憤派　蔡琰以下，有王粲七哀，漢人刺巴郡守，唐杜甫北征及三吏三別，卽其流派也。後世承之，如宋文天祥亂離歌，元伯顏子中七哀詩，明李夢陽弘治甲子初度詩，淸金和痛定篇，是也。

凡此寫實詩，每多長篇，以描寫一時代或一社會之片段事實，故亦可謂詩史。文體尙質樸，而字字眞切，語語沈痛，間或夾入議論，殆近散文者；蓋此等詩，固不宜以駢體或律詩之式出之也。

中國寫景詩之演進，可自詩經楚辭述之。劉勰文心雕龍物色篇：『詩人感物，聯類不窮；流連萬象之際，沈吟視聽之區。寫物圖貌，既隨物以宛轉；屬采附聲，亦與聲而徘徊。故灼灼狀桃花之鮮，依依盡楊柳之貌，……及離騷代興，觸類而長，物貌難盡，故重沓舒狀；於是嵯峨之類聚，葳蕤之羣積矣。』蓋詩騷中，惟有疊字駢字，如依依嵯峨等，以爲形容佳景。至漢代古詩中，如『回風動地起，秋草萋已綠；』『秋蟬鳴樹間，玄鳥逝安適；』間雜有寫景佳句。魏晉間如曹操步出東門行，曹丕芙蓉池作，曹植盤石篇，陸機苦寒行，潘岳河陽縣作，王羲之等蘭亭集詩，間有寫景佳篇；而非專於寫景之詩人也。

寫景詩派之完成，厥推陶淵明，謝靈運二人；他如謝莊，謝瞻，謝惠連，鮑照，王融，沈約，江淹，范雲，丘遲，任防，吳均，何遜等皆承其風。隋唐以下詩家，莫不有寫景之詩；李，杜，韓，柳以外，其最著者，孟浩然，王維，儲光羲，韋應物，劉長卿諸人也。

南朝寫景詩，大都以對偶句出之；如謝靈運『白雲抱幽石，綠篠媚清漣；』『曉霜楓葉丹，夕曛嵐氣陰；』等句。案此風實自建安開之，如曹植『凝霜依玉除，清風飄飛閣；』『白日曜青春，時雨靜飛塵；』等句，實爲南朝之先驅。是時由散而駢，詩體與文體，同一趨向也。蓋對偶字句，宜於描寫景物，故六朝人多用之。杜甫法鏡寺詩：『神傷山行深，愁破崖寺古；嬋娟碧鮮淨，蕭摵寒籜聚；回回山根水，冉冉松上雨。洩雲蒙清晨，初日翳復吐。……』萬丈潭詩：『躅步凌垠堮，側身下烟靄。……山危一徑盡，岸絕兩壁對。……黑知灣澴底，清見光炯碎。……高蘿成帷幄，寒木疊旌旆。』寫景詞句，多用對偶，皆承南朝詩之流風也。陳衍拾遺詩話：『晉宋以還，五言詩全體對偶。惟陶淵明鮑明遠篇中，時時以單行出之。但陶多淡宕之言，鮑多凌厲之筆；陶開王孟儲韋先路，鮑開岑高韓孟一途。東野首聯，多對起，多警闢語，皆從鮑來也。』世以陶謝並稱，而兩者作風不同。陶之對於自然也以主觀，而縱往自得；謝之對於自然也，以客觀，而有意鎚琢。又鮑以俊逸之筆，寫豪壯之情。故淵明與明遠多單行之句，斯又寫景之別派，超出六朝之風氣者。唐人承其流者，李白詩最著，所謂『俊逸鮑參軍』，少陵以稱白也。

總上兩者以觀，漢魏間多有寫實詩篇，文體多質朴單行；晉宋以下，則變爲描寫景物之什，詞句漸趨於對偶，文辭亦日就工麗；此中古詩境上之兩大分流，唐代則兼承之也。

第二十二章　印度文化之輸入與中古文藝思潮

六朝寫景詩之發生，與時人思想至有關係。漢人尊儒家，魏晉以下，崇道家；儒家重實際，道家重理想。絕對的理想，不能實現；求其於理想較爲接近者，惟有自然界中美景耳。惟當時所謂道家，與原來之老子莊子不同。老莊無爲之旨，不以物欲動其心，不以私意蔑其理，無所爲而已；亦固非以因循爲敷衍，以淸逸爲高貴也。魏晉人則競尙玄虛，以任情爲放達，視人世如塵垢，是由厭世思想，或進求超脫，或墮於頹廢，非復老莊之原本思想，而已參雜佛教小乘之道矣。

推此等思想之所以發生者：魏晉人鑒漢季禮教桎梏，已苦儒術之束縛；而當時五胡八王，干戈之禍，雲擾中原，又覺我生之痛苦。此固足以生其厭世思想，而造成之，使爲幽玄之哲理，則佛教傳入東土之故也。梁啓超論中國學術思想變遷之大勢：『佛教者，實不能與尋常宗教同視者也。中國人惟不蔽於迷信也，故所受者，多在其哲理之方面，而不在其宗教之方面；而佛教之哲學，又最足與中國原有之哲學相輔佐者也。中國之哲學，多屬於人事上，國家上，而於天地萬物原理之學，窮究之者，蓋少焉。英儒斯賓塞嘗分哲學爲可思議，不可思議之二科。若中國先秦之哲學，則毗於其可思議者，而乏於其不可思議者也。自佛學入震旦，與之相備，然後中國哲學，乃放一異彩。』則可知魏晉崇尚虛無，鄙棄人世，取老莊之面貌，而實融合佛教之思想也。其影響於當時文藝界，有足述者。

佛教入我中國之初期，如晉安帝時所起之成實宗，三論宗，大都偏於小乘；解脫思想，適與老莊玄風融合。柳翼謀先生曰：『清談所標，皆爲玄理。……稽其理論，多與釋氏相通。故自晉以來，釋子盛治老莊；清談者，亦往往與釋子周旋。佛教之與吾國學說融合，由是也。』（摘錄中國文化史講義）其影響於文藝者，厥有兩端：

（一）玄談之詩　文心雕龍明詩篇：『正始明道，詩雜仙心；何晏之徒，率多浮淺。……江左篇製，溺乎玄風；嗤笑徇務之志，崇盛亡機之談。』又時序篇：『自中朝貴玄，江左稱盛；……詩必柱下之旨歸，賦乃漆園之義疏。』鍾嶸詩品敍亦曰：『永嘉時貴黃老，稍尚虛談，於時篇什，理過其辭，淡乎寡味。爰及江左，微波尙傳，孫綽，許洵，桓庾諸公，詩皆平典似道德論；建安風力盡矣。』是則以哲理入詩者也。

（二）頹廢派之詩　樂府解題曰：『短歌行，魏武「對酒當歌，人生幾何？」晉陸機「置酒高堂，悲歌臨觴；」皆言當及時行樂也。』又曰：『古辭云「出西門，步念之。」始言醇酒肥牛，及時爲樂；次言『人生不滿百，常懷千歲憂，晝短苦夜長，何不秉燭遊？』終言貪財惜費，爲後世所嗤。又有順東西門行，爲三七言，亦傷時顧陰，有類於此。』又如魏文帝大牆上蒿行：『人生居天壤間，忽如飛鳥棲枯枝；』『適君身體所服，何不恣君口腹所嘗？』凡此由鄙棄現世而墮入頹廢思想者，魏晉以下文藝所嘗見者也。

此兩種文藝影響於後代者，如唐李白之詩，尙理想重虛無；其飛昇遠舉之談，半得之魏晉人。即杜甫號稱富有儒家思想者，而其寫懷詩：『古者三皇前，滿腹志願畢。胡爲有結繩，陷此膠與漆。禍首燧人氏，厲階董狐筆！君看燈燭張，轉使飛蛾密！』亦露其鄙棄人世之思。則魏晉思想之影響於後代者，誠非淺鮮。

哲理之詩，近於抽象，或不爲人所好。章炳麟國故論衡辨詩：『江左遺彥，好語玄虛；孫許諸篇，傳者已寡。……訖於宋世，小說雜傳禪家方技之言，莫不徵引。昔孫許高言莊氏，雜以三世之辭，猶風騷體盡；況乎辭言友紀，彌以加厲者哉？』可知詩非所以直說理想；絕對理想，亦不能直接表現；必也寄託於自然界具體景物，而後乃成爲文藝化。故曰：『老莊告退，山水方滋；』此山水詩之所以發生也。佛教東播，其思想由小乘趨於大乘；南朝已有淨土宗之興起，國人亦漸趨於自然界美景。重以江南佳麗之地，士大夫大都放浪山水，漱流枕石之徒；學術文藝，當然受其同化。如裴秃謝莊之製地圖，郭璞之注山海經，酈道元之注水經。宗炳至畫山水於壁，以供臥遊（詳名畫錄）遂開中國山水畫一派，詩畫又相聯合，所謂王維畫中有詩，詩中有畫也。章炳麟辨詩：『玄言之殺，語及田舍；田舍之隆，旁及山川雲物，則謝靈運爲之主。然則風雅道變，而詩又幾爲賦。顏延之與謝靈運，深淺有異，其歸一也。』則是六朝山水詩之發生，一方因乎詞賦華麗駢文工整之趨向；而一方又以佛教思想融合老莊之結果。南朝文人，如謝靈運顏延年張融沈約徐陵庾信之倫，莫不耽心內典，著於篇章。梁世諸帝，尤爲皈依所在；其辭翰寄託，不可勝紀。

第二十三章　聲律之發明與中古詩體之變遷

上章所論，明中古文藝上之思想，受印度佛教之變化。今更就其形式上論，則音韻學之發明，關於詩體之變遷，亦受佛教東來之影響也。魏晉以來，戎狄雜居內地甚多；中國之語言致大變化。恰遇佛經之翻譯，與天竺之聲明學共傳來，遂促漢族音韻之整頓。學者之研究漸起；如魏李登撰聲類，晉呂靜撰韻集。至四聲之說，多謂起於齊梁；實則沈約以前，已具有四聲之說。趙翼陔餘叢考曰：『今按隋經籍志，晉有張諒撰四聲韻林二十八卷，則四聲實起晉人。……南史陸厥傳云：「約等文皆用宮商相宣，將平上去入四聲，以之制韻。」沈約作宋書謝靈運傳後論之甚詳。厥乃爲書辨之，以爲歷代衆賢，未必都闇此處也。此又約之前，已有四聲之明證。即與約同時者，周顒有四聲切韻行於時，劉善經有四聲指歸一卷，夏侯詠有四聲韻略十三卷，王斌有四聲論，皆齊梁間人。』四聲之發明，不由沈約；惟藉以諧叶詩文音韻而倡聲律之論者，則自約始也。

論者謂『律詩始於初唐，至沈宋而其格始備，』（錢木庵唐音審體說，）而實則其漸久矣。劉師培中古文學史：『音律由疏而密，悉本自然，非由強致。試卽南朝之文審之，四六之體，粗備於范曄謝莊，成於王融謝朓。而王謝詩亦復漸開律體；影響所及，迄於隋唐文則悉成四六，詩則別爲近體；不可謂非聲律論開其先也。』案律詩須具「整」「儷」「叶」「韻」「諧」「度」六種成素絕詩則須「整」「叶」「韻」「諧」「度」五種。（見唐鉞國故新探中國文體的分析。）試一一追溯其起源如下：

（一）整　詩體之整，謂篇中各句字數相同也。詩經以四言爲主；然摯虞謂間雜有三言，五言，六言，七言，九言者，則詩經之詩，非整式之體也。韋孟諷諫詩，東方朔戒子詩，通篇四言，然漢後此體漸衰，蓋以上二下二之四言句度局促，音節板滯，不如上二下三之五言及上四下三之七言足以委婉達意，音節又較流暢也。故四言可置勿論。五言詩句當推始伊耆氏蜡辭『草木歸其澤。』至全篇五言，鍾嶸謂『逮漢李陵，始著五言之目。』然文心雕龍明詩篇：『成帝品錄，三百餘篇，朝章闕采，亦云周備，而辭人遺翰，莫見五言，所以李陵班婕妤見疑於後代也。』至古詩十九首，亦非西漢作品，（詳陳鐘凡先生中國韻文通論）爲東都民間之風謠。則五言整式體，始自漢季而盛於建安也。沈德潛說詩晬語：『大風柏梁爲七言之權輿。』然黃節詩學謂『古詩之興，欲變離騷複雜之辭；』大風用楚調，實非詩之所託始也。柏梁臺詩爲僞作，顧亭林已辨之審矣。（日知錄二十一。）則七言之體，當推始於曹丕燕歌行。蓋吾國整式之體，五言七言，皆發生於漢魏間也。

（二）儷　謂詩中偶詞儷句也。詩藪曰：『晉宋之交古今詩道之大限乎！魏承漢後，雖浸尙華靡；而淳朴餘風，隱約尙在。……士衡安仁，一變而排偶開矣；靈運延年再變而排偶盛矣；玄暉三變而排偶愈工。』……詩中偶句，蓋盛於晉宋間也。

（三）叶　謂上下兩句中平仄以次相對也。馬位秋窗隨筆曰：『聲律雖起於沈約，而約以前粗已見之。陸雲相謔之詞，所謂「日下荀鳴鶴，雲間陸士龍；」是五言聯律。江淹別賦「春宮閟此青苔色，秋帳含茲明月光；」是七言聯律。此近體之發端。』則叶之詩體，源於晉宋也。

（四）韻　絕詩之韻，謂四句同韻；律詩謂八句同韻。黃節詩學數詩體變遷之迹曰：『五言古詩既興，於是有五言古詩之變體；其原則始自六朝。如梁沈約擬青青河畔草詩，則五言兩句換韻，變古詩之體而爲之者也。又如柳惲南曲，則五言四句換韻，變古詩之體而爲者也。顧之由五言兩句換韻，一變而爲四句換韻，再變而爲八句同韻；如同時范雲巫山高詩，中四句相對，一如柳惲南曲，則已爲五律之濫觴矣。又由柳惲南曲離而二之，由范雲巫山高詩中而分之，則如梁簡文梁塵詩，已爲五絕之濫觴矣。……七言詩既興，於是有七言之變體，其源流亦始自六朝。如晉謝道韞詠雪詩，則七言三句同韻，變古詩之體而爲之者也。又如蕭子顯烏棲曲，則七言兩句換韻，變古詩之體而爲之者也。顧由七言三句同韻，而變而爲兩句同韻，再變而爲四句三同韻；如梁簡文春別詩，亦變古詩之體而爲之者也；然已爲七絕之濫觴矣。簡文既開茲體，又爲春情曲，蓋本春別詩之體而少變之，已駸駸乎具七律之形矣。至庾信烏夜啼，則已爲七律之濫觴矣』是可知律絕詩體，已由南朝漸漸形成矣。

（五）諧　謂詩句中平仄有一定也。劉師培中古文學史：『四聲之說，盛於永明。其影響及於文學者，南史以爲轉拘聲韻；而近人顧炎武音論，又謂江左之文，自梁天監以前，多以去入二聲同用，以後則絕不相通。其說至確。然沈周之說，所謂判低昂審清濁者，非惟平側之別已耳。於聲韻之辨，蓋亦至精。彥和謂「響有雙疊，雙聲隔字而每舛，疊韻雜句而必睽；」即沈氏所謂「一簡之，內音韻盡殊」謂一句之內，不得兩用同紐之字及同韻之字也。彥和謂「聲有飛沈，沈則響發而斷，飛則聲颺不還；」即沈氏所謂「前有浮聲，後須切響；兩句之中，輕重悉異。」謂一句之內，不得純用濁聲之字或淸聲之字也。至當時五言詩律，舍南史所舉「平頭，」「上尾，」「蜂腰，」「鶴膝」外，別有「大韻，」「小韻，」「旁紐，」「正紐」四端，是謂八病；此卽永明聲律論之大略也。』

案四聲八病之說，南史以爲彌爲麗靡，詩品以爲轉傷眞美；斯固切當之論。以其過於嚴酷，當時人亦未必相遵守。然作詩貴聲韻諧適，遂以別成近體，不可謂非聲律開其先也。

（六）度　謂每句或全篇字數有一定也。自四聲八病之說興，作詩者乃貴平仄整齊；徐陵庾信，體製日工。至唐聲律對偶之法益嚴；沈佺期宋之問力求研鍊精切，聲勢穩順；遂定五七言八句之程式，號爲律詩。而絕詩五七言四句之程式，亦隨以定焉。

是則古詩之變爲近體，濫觴於晉宋，權輿於齊梁，完成於唐初。其間變遷之迹，固因乎自然；而促其成者，則音韻學之發明也。

第二十四章　唐代政俗與其文藝之關係

南北朝統一於隋唐。其間曾分裂數百年以地理民族之不同，文藝上遂各具異彩；而唐則兼承南北之文物者也。北史文苑傳序曰：『自漢魏以來，迄乎晉宋，其體屢變，前哲論之詳矣。暨永明天監之際，太和天保之間，洛陽，江左，文雅尤盛；彼此好尚，雅有異同。江左宮商發越，貴於清綺；河朔詞義貞剛，重乎氣質。氣質則理勝其辭，清綺則文過其意；理深者便於時用，文華者則宜於詠歌；此其南北詞人得失之大較也。』是知北重質實，南尚浮華。南朝詩歌，宋齊則有山水派，梁陳則有宮體；描寫景物，正尚豔麗。而北朝則有木蘭辭，長篇紀事體也；又如庾信詠懷廿七首，亦悲憤時事之作。（在北周之庾信與其在梁時不同）是固南朝所未有也。至民間歌謠，如企喻歌辭：『男兒可憐虫，出門懷死憂；尸喪夾谷中，白骨無人收！』瑯琊王歌辭：『新買五尺刀，懸著梁間柱；一日三婆娑，劇於十五女。』其豪俠爽直之概，與南朝子夜歌華山畿之柔和婉轉者，不同也。凡文化不同之民族，一經結合之後，文學上必放一異彩。戰國文學之興盛，元明戲劇之發達，與隋唐文物之特起，殆可作一例觀也。

唐代文藝實集前古之大成，開後來之宗派；乃中國文藝史上之一大樞紐也。試舉數端以言：

詩　以量言：清乾隆時勅撰全唐詩，凡九百卷，二千三百餘家，四萬八千九百餘首。自唐至清，垂千餘年，其間湮沒不傳者何限？而猶浩若煙海，供後人沾匄不盡。以式言：則五七雜家，古今各體，以至樂府歌行，無所不備。以格言：則聖，神，仙，凡，妖，豔，鬼，怪，各品無所不有。以調言：則飄逸，雄渾，精深，博大，綺麗，幽邃，清奇，纖冶，奧峭，等宋後諸家所模倣，皆莫能自外。以內容言：除上述寫景寫實二派外，言宮闈者，則有初唐四傑，晚唐溫李等；有神仙之思者，則有李白等；爲宮詞者，則有王建諸人；此蓋承南朝之風者也。言邊塞征伐之事者，則有高適等；此又承北朝之風者也。

賦　唐總八朝之衆軌，啓後代之支流，古賦，俳賦，律賦，文賦，百體爭陳。人徒以清疎雅雋之派，歸宗於歐陽永叔之秋聲，蘇子瞻之赤壁，李泰伯之長江，黃魯直之江西道院；不知實導源於唐也。

文　承北朝之風者，則有陳子昂，元結，獨孤及，韓愈，柳宗元等，開宋，元，明，清古文派者也；承魏，晉，六朝者，則有初唐四傑，盛唐燕許，晚唐溫李，開宋西崑體一派者也。

小說　唐人小說，大都與其敍事詩有密切關係。言史外之逸聞者，則有別傳：如海山記，迷樓記，李衞公別傳，李林甫外傳，高力士傳，梅妃傳，長恨歌傳，太眞傳等言劍俠之事者：則有虬髯客傳，紅線傳，劉無雙傳，劍俠傳。言豔情者：則有霍小玉傳，李娃傳，章臺柳傳，會眞記，游仙窟。言神怪者：則有柳毅傳，杜子春傳，南柯記，枕中記，非烟傳，離魂記。是又上繼漢晉小說，而又開宋元，明，清彈詞戲曲，小說之源者。

詞　李白憶秦娥一闋，爲百代詞曲之祖。（其菩薩蠻，桂殿秋諸闋，後人有疑詞）韋應物，白居易等承之；至溫庭筠著有握蘭，金荃集，則大成矣。是又上繼樂府，而下開宋詞者也。

唐代文藝，上承漢，魏，六朝，下開宋，元，明，清；可謂臻於極盛矣。推其所以致此之由，則除上述統一南北民族，融合南北文化外，尙有下列數因：

（一）由於君主好尙　唐代諸帝，大都能詩，廟堂之上，雍容揄揚，侍從遊宴之作，奉詔應制之篇，不一而足。唐太宗置宏文館，延致文學之士，討論文藝，嘗至夜分。憲宗讀白居易諷諫詩，召爲學士。穆宗善元稹歌詩，徵爲舍人。文宗好五言詩，特置學士七十二人。在專制時代，時君好尙，每足以造成風氣。如漢武帝之於漢代詞賦，與此同一例也。

（二）由於科舉制度　人情莫不喜仕宦，科舉爲進身之階，一般人趨之若鶩。唐制最重進士，以詩賦選錄。時人以及第爲榮，莫不努力爲五言六韻之試帖詩；與明清人之工八股文者，正相同也。賈閬仙落第乃作詩譏諷；孟東野未及第時，亦時現牢騷。時人之醉心科第，能想見矣。

（三）由於思想複雜　唐之世，實儒，道，佛三教匯集之時代也。唐初崇尙儒教，砥礪經術；而又皈依佛教，尊崇道教。三藏玄奘，齎譯印度經一千三百三十餘卷；太宗高宗皆信仰之；釋徒以盛。又以老子李氏，而與同姓，特尊老子爲太上玄元皇帝；道教於唐益濫。歷世君主，雖時有異尙，而罕有專崇一教者；故唐代實有三教滙合之觀。此外尙有景教，祆教，回教，摩尼教，亦嘗流行於社會。思想複雜，故其表現於文藝上者，自有千門萬戶之觀。

（四）由於國族強盛　隋唐既統一南北，乃北殄突厥，西平吐谷渾，高昌，東伐高麗，北滅薛延陀，西臣西域，領地被於四垂矣。大凡一國文藝，嘗隨其國勢以爲發展；希臘羅馬與吾國漢代，均其先例也。

（五）由於生活豐富　唐代文物，以開元天寶間爲最盛。是時威振四夷，承累世之富，府庫充實。長安繁華，千金游俠之子，流連其間，洋洋乎太平之象。故建築，繪畫，雕刻，音樂，諸藝術，咸極一時之盛；而文藝上亦開未曾有之大觀。

上列五因外，尤可注意者，卽當時以各種藝術之發達，及外族文化之輸入，音樂上遂發生一大改革，而文藝亦隨以進化；此待下章述之。

第二十五章　音樂之變遷與樂府詩詞之遞嬗

王元美藝苑巵言：『三百篇亡而後有騷賦；騷賦難入樂，而後有古樂府；古樂府不入俗，而後以唐絕句為樂府；絕句少婉轉，而後有詞。』音樂之變遷，文藝卽隨以改革；此足明二者之關係也。

詩三百篇，孔子皆弦歌之；雅樂衰歇，詩遂不作。戰國時，器樂漸盛；荀卿佹詩，已為詩樂分離之肇。屈宋代興，雖歌楚聲，亦與詩異途；賈誼以下，則為不歌而誦之賦矣。騷賦難入樂，自不得不有古樂府。

漢書禮樂志：『高祖唐山夫人所作房中樂，孝惠二年，樂府令夏后寬更名安世樂。』又『武帝定郊祀之禮，乃立樂府。』是樂府詩置於漢，高樂府令（官名）設於惠帝，而樂府（署名）則始置於武帝也。唐書禮樂志：『平調，清調，瑟調，皆周房中曲之遺聲，漢世謂之三調。又有楚調，側調：楚調者，漢房中樂也；高帝好楚聲，故房中樂皆楚聲也。側調生於楚調，與前三調總謂之相和調。』相和五調，卽魏晉以來之清商三調；其名雖不同，其歌法仍襲舊也。

樂府既立，詩與樂遂自此離矣。馮定遠鈍吟雜錄：『古詩皆樂也。文士為之辭曰詩，樂工協之鐘呂爲樂。言志之文，乃有不得施之於樂者；故詩與樂畫境。……文人樂府，亦有不諧鍾呂，直自爲詩矣。』樂府播之管絃，故篇分數解，以爲節奏；長短其句，求合律呂。詩但用之諷吟，篇有定句，句有定字；所以便記憶，利口吻也。如古詩十九首之十五『生年不滿百』一詩，卽樂府西門行六解也。兩首命意，措詞，大致相同；而在詩則寡其辭，句度整齊；在樂府則篇分六解，長短錯雜。一便於口吻諷吟，一以協於管絃節奏，體製終有不同。朱柜堂樂府正義謂『古詩十九首，古樂府也』非盡可信。

至外族樂曲之流入中國者，漢時有鼓吹曲，橫吹曲。鼓吹曲大都自北狄傳來，卽鐃歌二十二章也。樂府解題：『漢博望侯張騫入西域，傳其調於西京，李延年因胡曲更造新聲二十八解；』卽橫吹曲也。魏晉以來，二十八解不復具存；惟「黃鵠」等十曲流行於世，其辭後亡。又有『關山月』等八曲，後世之所加也。西涼龜茲諸曲，起於十六國之際。隋煬帝定清商，西涼，龜茲，天竺，康國，疏勒，安國，高麗，禮畢，以爲九部。其中除清商本於清商三調，爲華夏之正聲；及禮畢出自晉太尉庾亮；餘七者，皆夷樂也。唐初因隋舊制，用九部樂。太宗造高昌樂，又造讌樂，而去禮畢曲；其著令者十部，而總謂之讌樂。郭茂倩謂讌樂諸曲，始於武德貞觀，盛於開元天寶；其著者十四調，二百二十二曲。沈括夢溪筆談云：

『唐天寶十三載以先王之樂爲雅樂，前世新聲爲淸樂合胡部者爲宴樂；』是唐有此三種樂曲。而淩廷堪燕樂考原謂「讌樂奏之管絃，爲諸樂之首。」是燕樂乃唐詩最流行之新音樂也。音樂旣變，古樂府不入俗，而律絕詩遂盛矣。

唐人律絕詩，亦卽隨是新音樂以成立者也。王士禎唐人萬首絕句選敍：『開元天寶以來，宮掖所傳，梨園弟子所歌，旗亭所唱，邊將所進，率當時名士所謂絕句爾。故王之渙「黃河遠上」王昌齡「昭陽日景」之句，至今豔稱之。而右丞「渭城朝雨」流傳尤衆，好事者至譜爲陽關三疊。他如劉禹錫張祜諸篇，尤難指數。由是言之，唐三百年以絕句擅場，卽唐三百年之樂府也。』又嚴繩孫詞律敍云：『唐世所傳若沈香被詔之作，旗亭畫壁之詩，及江南紅豆之曲，大抵其可歌者名五七言絕句。』又汪師韓詩樂纂聞云：『七言律詩，卽樂府也。』如『盧家小婦』一詩，卽其例也。

雖然，詩與樂究有別也。全唐詩附錄：『唐人樂府，原用律絕等詩，雜和聲歌之。』苕溪漁隱叢話引蔡寬夫詩話曰：『大抵唐人歌曲，本不隨聲爲長短句，多是五言或七言詩；歌者取其辭與和聲相疊成音耳。予有古涼州伊州辭，與今遍數悉同，而皆絕句也。豈非當時人之辭，爲一時所稱者，皆爲歌人竊取，播之曲調乎？』蓋詩字句整齊，以便吟誦。一以協諸管絃，或某句復誦；或某處偸一字；或於句中句末插入和聲散聲，借以調節歌調。所謂和聲者，樂中引長之餘聲；散聲者，曲譜以外之聲也（如鐃歌有所思中之『妃呼豨』等。）又有竹枝與採蓮子，每句加散聲（即竹枝加竹枝女兒之句，採蓮子加舉棹年少之句，）載於萬紅友之詞律。其注云：『竹枝，女兒，乃歌時羣相隨和之聲也。』是可知律絕詩僅爲整式之字句；一以協樂，又必加以和聲，或幷使之長短錯雜也。

由上以言，古詩與律絕大都皆可入樂；惟付於管絃時，字句必多少加以變化。是漢迄唐，詩與樂府，其分離之漸雖曰已久，而實則在可分不可分之間也。至詩變爲詞，則調有定格；詩遂不能以入樂矣。胡仔漁隱叢談：『唐初歌舞辭，多是五言詩或七言詩，初無長短句。自中葉以後，至五代，漸變成長短句。及本朝（宋）則盡爲此體。今所存，止瑞鷓鴣小奉王二闋，是五七言八句詩幷七言絕句詩而已。瑞鷓鴣猶依字易歌；若小奉王，必須雜以虛聲，乃可歌耳。』蓋五七言詩爲整齊之式，樂譜爲參差之調；以彼合此，必須雜以虛聲；否則，恐依字不易歌。故詩之變爲詞，大都因乎此。王元美所謂『絕句少婉轉而後有詞也。』朱子語錄論詩曰：『古樂府只是詩，中間卻添許多泛聲；後來怕失了泛聲，逐一添個實字遂成長短句，今曲子便是。』全唐詩附錄曰：『唐人樂府，原因律絕等詩，雜和聲歌之。其並和聲作實字長短其句，以就曲拍者，爲塡詞。』是知漢魏古詞之變爲唐人律絕詩，唐人律絕詩之變爲五代兩宋詞，莫不與音樂有關。

第二十六章　宋詞之淵源與派別

納蘭成德淥水亭雜識云：『自五代兵革，中原文獻凋落；詩道失傳，而小詞大盛。宋人專意於詞，實爲精絕；詩其塵飯土羹，故遠不及唐人。』至五代兩宋，詩道衰歇，詞藝繼起，實時代風氣爲之轉移也。陸放翁跋花間謂：『詩至晚唐五季，氣格卑陋，千人一律，而長短句獨精巧高麗，後世莫及；此事之不可曉者。』蓋其時君唱於上，臣和於下；極聲色之供奉，蔚文章之大觀。風會所趨，朝野一致；雖在賢知，亦不能自外於習尙也。宋代海內乂安。朝士大夫，退食自公之暇；文人學者，賓朋游宴之餘；相與引商刻羽，鏤紫裁紅，競致新聲。下至武夫婦人，釋子羽流，多能洞曉音律，製腔塡詞。至徽宗設大晟樂府，命周邦彥提舉其事，遂集諸家之大成；詞至此蓋推闡至極矣。迄於南宋，慶元禁道學，嘉定禁作詩，金主亮又好唱北曲；時會所迫，惟出以詞。字數漸多，而意境日狹；所謂『詞至北宋而大，至南宋而深』也。其淵源所自，流變之迹，有足述者。

胡應麟詩藪曰：『古今凡三變：漢魏古詞，一變也；唐人絕句，一變也；宋元詞曲，一變也。六朝聲偶，變唐之漸乎？五季詩餘，變宋之漸乎？』蓋自魏武借樂府以寫時事，薤露歌蒿里行皆爲董卓之亂而作；與原義不同。曹子建作鞞舞新歌五章，謂古曲謬誤至多，異代之文不相襲，爰依前曲，別作新歌。此說一開，後人乃有依樂府之題，而直抒胸臆者。於是古樂府之眞，漸已泯矣。兩晉以下，諸家所作，不盡仿古。一時君臣尤喜別翻新調；而民間哀樂纏綿之情，託諸長謠短詠以自見者，亦往往而有。如東晉無名氏作女兒子休洗紅二曲，梁武帝之江南弄，沈約之六憶詩；其字句音節，率有定格，此卽詞之濫觴矣。故文體明辨謂：『詩餘者，古樂府之流別，而後世歌曲之濫觴也。』

雖然，詞固爲古樂府之流別，而亦直接出自唐人律絕詩也。唐人合樂，則歌律絕詩。惟樂曲概長短錯雜，詩辭則字句整齊；故其歌時，必於字間加散聲，或於句裏插和聲，以期變化歌法；則文字與曲節，又不免背離。由是而求救濟之法，乃以曲譜爲基礎，散聲和聲皆塡字以遷就之；以視乎詩，故字有多少，句有長短，卽所謂塡詞之法也。愈樾詞律序：『唐書藝文志經部有崔令欽教坊記一卷；其書羅列曲調之名，自獻天花至同心結，凡三百三十有五。而今詞家所傳小令，如南歌子浪淘沙長調，蘭陵王入陣樂；其名具在焉。唐志列之樂類，以此知今之詞，古之樂也。』不知樂曲其名，詩其辭；詩變爲詞，則樂曲名，爲詞牌也。萬紅友詞律發凡曰：『如菩薩蠻，憶秦娥，憶江南，長相思等，本是唐人之詩；而風氣一變，遂有長短句之別。故以此數闋爲詞之鼻祖，不必言已。若清平調，小秦王，竹枝，柳枝等，竟無異於七言絕句，與菩薩蠻不同。如專論詞體，自當捨而勿錄；故諸家詞集，不載此等調；而花菴草堂，亦不收也。蓋等而上之，如樂府諸作，爲長短句者頗多，何可勝收乎？後人則以此調爲詞嚆矢，遂取入譜。』更從詞律中考究：如紇那曲，囉嗊曲本五言絕句；拋球樂本五言六句；回波詞，本六言絕句；採蓮子，浪淘沙，八拍蠻，阿那曲，欸乃曲本七言絕句；字字雙，亦七言句句韻；梧桐影，花非花，本長短句詩；章臺柳，舞馬詞，亦本爲詩；後人採入詩譜。楊升庵草堂序云：『唐人之七言律，卽塡詞之瑞鷓鴣也；七言之仄韻，卽塡詞之玉樓春也。』詞之從唐詩脫化而來，亦可見矣。

詞之去詩未遠也，大都皆小令單調。唐人詞以小秦王瑞鷓鴣爲最古；小秦王七言四句，瑞鷓鴣七言八句，皆單調也。李白憶秦娥，連理枝，始分二疊，白居易長相思繼之而作；自是以後，三疊四疊，各體日出矣。至溫飛卿始專力於詞，金荃爲詞集之始；然猶無慢詞也。花間集爲詞林宿海，亦錄小令耳。迨北宋之盛，士大夫競製新聲，以暢情致；以小令之寥寥短幅，不足以盡敷揚繁富之思；乃演爲中調長調。系之以慢以犯；慢詞由玆以成立。度其時作者，當不乏人；而柳永，其著者也。其八聲甘州，醉蓬萊，望海潮，雨淋鈴諸作，推爲慢詞之始祖。及周淸眞爲大晟提舉集諸家之大成，合新製爲二百餘篇；詞調之成於此際者居多，而詞學亦於此時臻於極盛矣。

詞體大約有二：一體婉約，一體豪放；婉約者其詞調蘊藉，豪放者其氣象恢宏。前者沿花間之遺，一稱南派；後者開自蘇黃，脫音律之拘束，一稱北派。所謂『執紅牙拍，歌楊柳岸曉風殘月；』與『執鐵綽板唱大江東去』此不特蘇柳之異，抑亦南北兩派之形容也。宋初晏殊父子，柳永，張先，歐陽永叔諸家，大都工豔，承花間餘緒。而柳永最爲有名；其詞非羈旅窮愁之辭，卽閨門淫媟之語，往往流於鄙俗；然音律諧婉，詞意妥貼。繼之者，如秦少游之淸遠婉約，賀方回之幽麗淒豔；此皆南派也。東坡不顧音律之拘攣，創激越之聲調；一洗綺羅香澤之態，脫綢繆宛轉之風；所謂『阜隸花間，輿臺耆卿』也。黃九和之，雖稱高妙，然其粗俗處往往而有。南宋辛稼軒承其流，才氣橫溢；劉過繼之，益豪壯而粗率矣。此皆北派也。周淸眞精深華麗，體兼蘇（東坡）秦（少游）；在南北之間，屹然爲大宗。南渡以後，堪與對壘者，爲姜白石；所謂『野雲孤飛，去留無迹』也。於是史達祖，高觀國，羽翼之；張輯，吳文英師之於前；趙以夫，蔣捷，周密，陳允平，王沂孫，張炎效之於後；譬之於樂，舞箾至於九變，而詞之能事畢矣。

第二十七章　宋詞之語體化與散文化

時代爲文藝之背景；故一種文藝，必帶有其時代之色彩。宋爲散文與語體文盛行時代，詩詞歌賦，自然受其影響。江西詩派之主張平淡豪俊，眞趣自然；其爲散文語體化無論矣。以賦言：宋人爲賦，與六朝初唐絕然異途；如歐陽秋聲，東坡赤壁，字句之構造，直同散文；所謂文賦也。詞固以蘊藉婉約爲正，竟亦不能自外其時代趨向；是則尤可異者。考宋代語體與散文所以盛行之故，約可分以下諸端述之：

（一）宋代文風，大都務取理勝也。古文運動，殆至宋而大成；後世所謂古文八大家者，宋居其六。而其崇樸學，務取理勝，則又特成一種風氣。故其文章形式，雖多襲前人遺軌，而自能遊心萬仞，瀝液羣言，不爲所囿；駸駸乎且欲駕而上之。除歐，蘇，曾，王以外，若劉原父兄弟，司馬君實，周叔茂，張橫渠，朱晦庵，陳同甫，葉水心，薛浪語，魏鶴山之倫，皆非號爲古文專家者所及；初未嘗以步趨韓，柳相矜也。

（二）宋代理學興盛，以語錄文講授也。唐代爲儒，道，佛三教平行之世；宋則儒，道，佛融合成一片，而自成一種性理之學。其初周敦頤，張載，邵雍等談理俱以文言；然邵子擊壤集，則純爲語體化之哲理詩。自程頤程顥兄弟起，以白話說理，創『語錄體』。嗣後言性理者，如朱子等，莫不沿習之。

（三）內政外交上之多爭論也。北宋黨爭最盛，其發端自宋襄四賢一不肖詩；而於石介慶歷聖德詩，與歐陽修朋黨論，益有水火之勢；是爲君子與小人之黨爭。及安石參政，蘇洵先論辨姦，呂誨繼斥爲大姦；而蒲宗孟，章惇，亦毀司馬光姦邪；由是正姦之論起。新舊兩黨之爭端，由是愈烈。其間又有洛，蜀，朔三黨，或爲政事上之爭論，或爲學術上之反目，甚者爲人身之攻擊。爭論多則散文之用宏。又宋代國力不競，遼金之禍，頻年不絕；於是外交上獻納之爭，和戰之爭，又橫亙於士大夫間。此亦促其論文之發達也。

（四）宋代科舉制度，採用經義也。唐之取士，以詩賦；宋之取士，以策論；故宋之文學，不在詩而在文。文主議論，故散文尙焉。按宋初試士，詩賦論各一首，策五道，帖論語十，帖對春秋或禮記墨義十條；其九經，五經，三禮，三傳，學究等，設科雖異，墨義則同也。王安石變法，罷詩賦帖經墨義；中書撰大義式頒行，須通經有文采乃爲中格，不但如明經墨義，粗解章句而已。故論理之文，稱極盛云。

由上四者以觀，可知宋代文風，尙說理論事；故語體與散文，極盛行於社會。其發而爲詞，當然不能不受此種影響；所謂『東坡以詩爲詞，稼軒以文爲詞，』其顯著者（當時詩亦已文語化）東坡之念奴嬌赤壁懷古又如醉翁操云：『荷簣過山前，曰「有心也哉！此賢。」』皆直似論文。宜其『不協音律，橫放傑出，曲子內縛不住者。』稼軒賀新郎詞（獨坐停雲作）

甚矣，吾衰矣！悵平生交遊，零落只今餘幾？白髮空垂三千丈，一笑人間萬事！問何物能令公喜？我見青山多嫵媚，料青山見我亦如是；情與貌，略相似。 一尊搔首東窗裏，想淵明停雲詩就，此時風味！江山沈酣求名者，豈識濁醪妙理？回首叫雲飛風起！不恨古人吾不見，恨古人不見吾狂耳！知我者，二三子！

劉龍洲沁園春詞（寄辛稼軒）

古豈無人，何以似吾，稼軒者誰？擁七州都督；雖然陶侃，機明神鑒，未必能詩。常袞何如，公羊聊爾。千騎東方候會稽；中原事，總匈奴未滅，畢竟男兒！平生出處天知，算整頓乾坤終有時。問湖南賓客，侵尋去矣；江西戶口，流落何之？盡日樓臺，四邊屏障，目斷江山魂欲飛！長安道，算世無劉表，王粲疇依？

後人謂學蘇辛一派，須熟讀經史子，乃以其成語自然綴成；其詞之散文化，可見矣。他如柳永黃山谷等，則每以俚語入詞。如柳詞晝夜樂云：『早知恁地難拚，悔不當初留住；其奈風流端正外，更別有繫人心處；一日不思量，也攢眉千度！』鶴冲天云：『假使重相見，還得似當初麼？悔恨無計，那迢迢長夜，自家只恁摧挫！』兩同心云：『個人人，昨夜分明許伊偕老。』征部樂云：『待這回好好憐伊更不輕拆。』黃詞沁園春云：『奴兒又有行期。你去即無妨，我共誰？向眼前常見，心猶未足，怎生禁得這個分離，地角天涯？掘井為盟無改移！君須是做些兒相度，莫待臨時。』又如鼓笛令竟體白話，并用俗字。他如東坡如夢令劉過天仙子石孝友惜多嬌，皆通體為直率之口語也。又蜀妓鵲橋仙：『多應念得脫空經，是那個先生教底？』頗清脆可誦。即周眞清號稱沈鬱雅正，亦有『天便教人，霎時相見，何妨？』之句；宋詞之語體化，可見矣。論者以此等語體詞句，即為元曲始祖。如阮閱洞仙歌詞（贈宜春官妓趙佛奴：）

趙家姊妹，合在昭陽殿；因甚人間有飛燕？見伊底，盡道獨步江南；便江北，也何曾慣見？惜伊情性好，不解嗔人；長帶桃花笑時臉。向尊前酒底，見了須歸；似恁地，能得幾回細看？待不貶眼兒覷着伊；將貶眼兒工夫，看伊幾遍。

宜春遺事謂：『此詞已爲元曲開山矣。』吳梅先生南北戲曲概言：『金元以來，士大夫好以俚語入詞；酒邊燈下，四字沁園春，七字瑞鷓鴣，粗豪橫決，動以稼軒龍洲自況；同時諸宮調詞行，即詞變爲曲之始。』由宋詞之語體化，即可知詞變爲曲之原因；而宋代白話小說之風盛，亦可於此思其故矣。

第二十八章　宋詞與元曲之關係及其區別

由上章所言，詞之語體化，已爲元曲之開山。然詞爲歌曲，徒歌而不舞；且以闋爲率，未有連續歌數闋者。則宋詞之變爲元曲，其間必有其嬗蛻之端倪，卽宋詞元曲間之過渡物也：

（一）宋時大曲　宋時官本雜劇，皆以詞牌疊用成套。宋史樂志謂眞宗不喜鄭聲，而或歌雜劇詞，未嘗宣布於外，是也。其時歌詞，雖無可考。而東京夢華錄所載雜劇隊舞之制甚詳，是已具搬演劇戲之性質矣。至樂府雅詞，又備錄董穎薄媚大曲一套，其曲牌有排徧十攧入破虛催，衮遍，催拍，歇拍，煞衮等名，更與後董西廂及元人雜劇相類。而史浩鄮峯大曲，有劍舞，采蓮等七套；幷詳錄舞態歌詞及參軍致語。大曲之詳備，無有過於此者。（見彊村叢書）顧此等大曲，皆以詞牌作之；並非若董詞及關，馬，鄭，白等之套數也。東坡哨徧隱括歸去來兮辭，已開代言之體，然以數曲代一人之言，且專賦吳越故事者，實自董穎此套始。

（二）鼓子詞與搊彈詞　宋趙德麟有元微之崔鶯鶯商調蝶戀花詞，卽爲鼓子詞，合鼓而歌。乃截取元微之會眞記之義爲散序；賦詞共十闋，於前後加二闋，述其著作之始終。其散序，誦而不歌；詞曲則合樂器而唱；無白無科，一如大曲。而其有序有詞，不僅以滑稽調笑爲主，必排一故事，首尾貫徹；可謂近代戲曲之祖，而實開董西廂之先聲也。焦循劇說卷二引筆談云：『董解元西廂記曾見之盧兵部許，一人援絃，數十人合座，分諸色目而遞歌之；謂之磨唱。盧氏盛歌舞，然一見後無繼者。』是董解元西廂以供搊彈念唱，故謂之搊彈詞，亦謂之絃索西廂；王靜安宋元戲曲史幷以爲卽諸宮調。諸宮調者，小說之支流，而被之以樂曲者也。蓋以其取材於會眞記，更加以多數之人物事蹟，變化錯綜，編成一大史詩；北曲之西廂記，全依乎此。鼓子詞，有詞無白；搊彈調則有白有曲，於元雜劇益近矣。

由上二端，可知戲曲不始於胡元，乃有宋一代變化而來也；詞與曲之關係，可知矣。更考北劇所用曲，出於唐宋詞者，如醉花陰喜遷鶯等，共七十有五。南戲所用曲，出於唐宋詞者，如卜算子番卜算等，則有一百九十。雖其詞字句之數，或與古詞不同，當由時代遷移之故；其淵源所自，要不可誣也。然則詞與曲之區別，果何在乎？茲分數類言之：

（一）音律上之不同　七音十二律，互乘爲八十四調；以宮乘律爲宮，以其他六音乘律爲調；此無論雅樂燕樂及詞曲，皆範圍其內也。玉田詞源云：今樂所存，只七宮十一調。沈寧庵南曲譜亦云：曲中宮調，止六宮十一調。是詞曲宮調，亦不甚相懸。惟歌法則大不同。吳梅先生曰：『詞之舊譜，流傳至今者，僅白石詞集旁譜十七支。其間所有「么」「ㄅ」「フ」「人」等字，與近世譜字已不相合。況復緩急強弱，節拍如何，無從臆測。所可知者：諸詞皆一字一音，初無繁聲介乎其中；與朱子所述鹿鳴四牡等十二章，按之相合。』則是詞之歌法，與北曲之馳驟，南曲之柔峭，絕不相類。此其不同者一。

（二）結構之不同　詞之體例，只有小令，中令，長調之分。曲則一支者名小令，二支四支者名重頭，全套有尾者名散套；繁簡多寡，與詞大異。此其別二。

（三）作法之不同　詞之作法，雖間有不避俚語，而大體終以雅爲主。曲則有雅有俗；何也？詞無角目，曲有角目也。歌詞之法，雖不可考，而兩宋名詞具在；大抵主賓酬酢，皓齒一轉而已。但冀一牌脫稿，即可引吭發聲，初無套數之多少，更無忠佞之分配也。即如趙德麟蝶戀花十章，述會眞記事，與彈詞家相近，無劇場之模型也。曲則有清曲戲曲之分；清曲與詞相近，可不必論；劇曲則邪正賢奸，最重分析。無論立身端正者，我當設身處地，爲之竭力寫生；卽彼行止奸邪者，我亦當舍經從權，暫測小人之腹，以摹寫其形狀。蓋詞爲敍述之式，曲爲代言之體；其作法上固當有異也。此其不同者三。

今人言聲歌之道，輒將詞曲並舉，一若二者絕無相異者；此不知音者之論也。

第二十九章　元曲發達之由來

由上章以言，元曲自有宋一代變化而來，固非自蒙古契丹輸入者也。宋教坊之十八調，卽唐二十八調之遺物；北曲之十二宮調，與南曲之十三宮調，又宋教坊十八調之遺物也。則南北曲之聲，猶是南北朝龜茲八十四調之緒餘。除北曲雙調中之風流體等，爲女眞曲；又黃鍾宮之者刺古，雙調之阿納忽，古都白，唐兀歹，阿忽令，越調之拙魯速，商調之浪來裏，當爲女眞或蒙古曲，此等數闋外；其餘皆非遼金元之產物也。至於戲劇，則除鏺頭一戲自西域入中國外，別無所聞。遼金之雜劇院本與唐宋之雜劇結構全同。吾輩寧謂遼金之劇，自宋往；宋之雜劇，不自遼金來；較可信也。至元代雜劇之結構，誠爲創見；然創之者，實爲漢人。（元雜劇創自何人，不見於記載；鍾嗣成錄鬼簿所著錄，以關漢卿爲首。）而亦大用古劇之材料與古曲之形式，不可謂爲金元所輸入者也（詳王國維宋元戲曲史）。

然曲何爲至元而發達者乎？沈德符萬歷野獲編及臧晉叔元曲選敍，均謂蒙古時代曾以詞曲取士；核以元史選舉志，絕無影響；其說固誕妄不足信也。元代雜劇發達之原因，可約舉以下三端：

（一）音樂之變更也　王元美藝苑巵言：『曲者詞之變；自金元入中國，所用胡樂，嘈雜緩急之間，詞不能按，乃更爲新聲以媚之。』又『詞不快北耳而後有北曲；北曲不諧南耳，而後有南曲。』蓋詞之音律，一字一音，初無繁聲介乎其中；紆緩單調，不爲北人所喜。於是乃作節調繁促，縱橫馳驟之音以迎合之。而一時如馬東籬，貫酸齋，王實甫，關漢卿，張小山，喬夢符，鄭德輝，宮大用，白仁甫輩，咸富有才情，兼喜音律，遂擅一代之長。此元曲之所以發達者一。

（二）文士才力所集中也　蒙古滅金，廢除科目，垂八十年；爲自有科目來未有之事。而士之競於科目者，才力無所用，一於詞曲發之。且金時科目之學，最爲譾陋（觀劉祁歸潛志）。此種人士，一旦失所業，固不能爲學術上之事，而高文典册，又非其所素習也；適雜劇之新體發生，遂多從事於此。又有一二天才，出於其間，充其才力；元劇之作，遂爲千古獨絕之文學。是以元曲創作之人，如關，馬，王，白，輩，大都在蒙古滅金之頃也。此其所以發達者二。

（三）得蒙古之歡心也　是時漢人，或不屑在異族統治之下；故作新奇之雜劇，借古人之喜笑怒罵，以發其牢騷不平之思。二三天才，出乎其間，以巧詞妙曲，聳動人之耳目，遂使天下靡然趨之。乘百戰百勝餘威之蒙古人，亦漸向於娛樂方面；不獨歡迎小說與雜劇，且實際以之爲窺探中國歷史風俗人情之捷徑。於是輕薄者流爭雷同附和之；中原絃索，遂披靡天下。此元曲之所以發達者三。

由上三因，故元代戲曲，雖經宋金之醞釀；而於最短期間，能產生如此偉大之文藝；實足與希臘之雅典，英國之依利沙白時代相媲美者也。惟論元曲者，每以四折之雜劇爲主；雜劇雖爲元代之特色，而南戲之興盛，則亦在元末。雜劇以迎合元人爲主，故多糅合蒙古方言；嘈雜之音，自不爲南人所喜。於是永嘉人因乎南宋之戲文，造出南戲；琵琶拜月，後先登場，盡洗胡元古魯兀剌之風；別名爲南曲。迨明隆慶萬曆間，崑山梁伯龍，魏良輔，始造水磨腔格，學者靡然從之，於是有崑曲。輔良改易南詞舊格，字字悠颺出之；伯龍作吳越春秋浣紗記傳奇，使之訂譜；天下始有清音。於是北部絃索漸歸淘汰矣。此由北曲而南曲而崑曲之沿革大略也。至南北曲之同異，待下章述之。

第三十章　南北曲之異同

曲自元，始有南北；南戲之發生，稍後於雜劇。故南戲之體製，實對於雜劇，多所改進。雜劇大都限於一宮調，又限一人唱；其律至嚴，不容踰越。故莊嚴雄肆，是其所長；而於曲折詳盡，猶其所短也。至除此限制，而一劇無一定之折數，一齣無一定之宮調；且不獨以數色合唱一折，并有以數色合唱一曲；而各色皆有白有唱。此則南戲對於北曲之一大進步也。

至南北曲之分別，並不在格律之疏嚴，與板節之有無。臧晉叔元曲選敍：『曲自元始有南北各十七宮調，而北西廂諸雜劇，亡慮數百種；南則幽閨琵琶二記已耳。……獨怪今之爲曲者，南與北聲調雖異，而過宮下韻則一也；自高則誠作琵琶，首爲不尋宮數調之說，以掩護其短；令遂藉口，謂曲嚴於北，而疎於南；豈不謬乎？』又：『予嘗見王元美藝苑卮言之論曲，有曰：「北曲字多而聲調緩，其筋在絃；南曲字少而聲調繁，其力在板。」夫北之被絃索，猶南之合簫管；擢藏掩抑，頗足動人；而音亦嫋嫋，與之俱流；反使歌者不能自主。是曲之別調，非其正也。若板以節曲，則南北皆有力焉。如謂北筋在絃，亦謂南力在管，可乎？惜哉！元美之未知曲也。』是則謂北曲律嚴而無板，南曲有板而律疎，乃謬誤之談；不足藉以爲南北曲之分也。

大抵南北曲之區分，可列舉以下三端：

（一）其結構之不同也。北曲雜劇，折數，宮調，唱色，皆有限定，南曲則無此限制；已如上述。故南戲情節複雜，劇文冗長，與北曲迥異；此其結構之不同也。

（二）其聲律之不同也。王元美藝苑卮言謂『自北曲興後，大江南北，漸染胡語；時時採入，而沈約四聲，遂闕其一。東南之士，未盡顧曲之周郎；逢掖之儒，又稀辨撾之王應，稍稍復變新體，號爲南曲。』蓋元初作曲多北人，北方止有平上去三聲，而無入聲；以北聲作曲，故曰北曲。周德淸乃製中原音韻，以明南北之殊音也。其序曰：『自關，馬，鄭，白，一新製作，韻共守自然之音，字能通天下之語。……諸公已矣，後學莫及，何也？蓋其不悟聲分平仄，字別陰陽。夫聲分平仄者，謂無入聲，以入聲派入平上去三聲也。……字別陰陽者，陰陽字平聲有之，上去俱無，上去各止一聲。』中原音韻爲作北曲者所遵用，亦韻學之別宗也。則南北曲之殊，以南北語音不同故耳。（近人有以爲入聲不宜於音樂；詞曲發達後，語音受其變化，因以漸失入聲。說頗新穎，姑存之以待考。）

（三）其詞體之不同也。元曲之佳處曰：「自然，」曰「有意境；」二者雜劇南戲，固皆所同具。王元美藝苑卮言：『大抵北主勁切雄麗，南主淸峭柔遠；雖本才情，務諧俚俗。譬之同一師承，而頓漸分教；俱爲國臣，而文武異科。』蓋北曲悲壯沈雄，南曲淸柔曲折；此由地方之風氣，及曲之體製然也。

元雜劇與南戲之區別，已如上述。此外尙有小令套數，院本，三種，皆元代所有。因幷說明其性質與區別：

（一）雜劇與小令套數之區別　小令只用一曲，與宋詞略同；套數則合一宮調中諸曲爲一套，與雜劇之一折略同。但雜劇以代言爲事，而小令套數均以自敍爲主。此其所異也。

（二）院本與南北曲之異同及其關係　元人雜劇以外，尙有院本。輟耕錄云：『國朝雜劇院本，分而爲二。』蓋雜劇爲元人所創，而院本則金源之遺。然元人猶有作之者；錄鬼簿云：「屈英甫名彥英，編一百二十行及看錢奴院本；」是也。元人院本今無存者；故其體例如何，全不可考。唯明周憲王呂洞賓花月神仙會雜劇中，有院本一段。此段係憲王自撰，或翦裁金元舊本充之雖不可知；然其結構簡易，與北曲南戲，均截然不同。其有白有唱，與雜劇無異；唯唱者不限一人，而一段之中各色皆唱，又與南曲戲文相近。但一行於北，一行於南；其實院本與南戲之間，其關係較二者之與雜劇，更爲密切。以二者一出於金院本，一出於宋戲文，其根本要有相似之處；而雜劇則出於一時之創造者也。

第三十一章　元曲之派別

由上諸章以觀，可知元代戲劇，實包羅古今，集合各體，無所不備。若欲論其派別，則須先定分派之標準。自來談戲曲派別者，約可歸爲三類：一、以戲曲中之情節爲分者；二、以戲曲之性質爲分者，三、以戲曲文辭之風格爲分者。試就此三端，以論元曲：

（一）以戲曲之情節爲分　朱權太和正音譜載元人雜劇科目，凡十二種，一切劇中情節，皆可歸納在內。爲劇者，認定一科細細研究；故能登峯造極，無微不至；元曲之出神入化，極其自然眞實者，卽此之由。十二科者：

一曰、神仙道化　二曰、林泉邱壑 又曰隱居樂道

三曰、披袍秉笏 卽君臣雜劇　四曰、忠臣烈士

五曰、孝義廉節　六曰、叱奸罵讒

七曰、逐臣孤子　八曰、錣刀趕棒 卽脫膊雜劇

九曰、風花雪月　　十曰、悲歡離合
十一曰、烟花粉黛 卽花旦雜劇　　十二曰、神頭鬼面 卽神佛雜劇

此十二科，卽所以限定雜劇題目者。例如爲神仙之語者，卽歸神仙道化；爲山林隱逸之語者，卽歸林泉邱壑。其他各科，可以類推。更就現存一百十六種，分配之，亦能各各脗合。如漢宮秋歸悲歡離合科；黃粱夢歸神仙道化科；殺狗勸夫歸逐臣孤子科；單鞭奪槊歸鏺刀趕棒科；曲紅池歸烟花粉黛科。但將百十六種，逐一分析，無不可分類歸科。卽彼未傳之五百餘種，按其各種名目分配之，亦能一例合拍。故此十二科，不啻雜劇分類之總目；而實則世間事實，原亦不外此等科條而已。

（二）以戲曲之性質爲分　吾國罕有悲劇，明以後傳奇，大都屬於喜劇；而元雜劇中則有悲劇。就其存者言之：如漢宮秋，梧桐樹，西蜀夢，火燒介之推，張千替殺妻等，初無所謂先離後合，始困終亨之事也。其最有悲劇之性質者，則如關漢卿之竇娥冤，紀君祥之趙氏孤兒；劇中雖有惡人交構其間，而其蹈湯赴火者，仍出於其主人之意志，卽列之於世界大悲劇中，亦無媿色也。趙氏孤兒寃報寃一劇，法國大文豪福祿特爾(Voltaire)嘗轉譯之以爲中國之悲劇。則元曲中固可有

喜劇悲劇之分也。

（三）以曲詞風格爲分　元曲文詞風格，以樸素爲主，以本色爲美。然所謂本色樸素者，非流於鄙俗之謂；遂又不辭藻飾因以別成濃麗一派者。吳梅先生南北戲曲概言論及之矣；節錄其言如左：

『董解元作西廂，以方言俗語，雜砌成文，世多誦習；於是作者大率以諧俗之詞實之。如天寶遺事，王煥，樂昌分鏡，王魁等，雖不盡傳；而傳者皆道路悠謬之語；嬉笑謔浪，取悅於人。故戲曲之始，僅有本色一家；無所謂辭藻紛紜，纂組縝密也。王實甫作西廂，以研鍊濃麗爲能；此是詞中異軍，非曲家出色當行之作。觀麗春堂劇滿庭芳云：『這都是托着大人虎勢，贏的他急難措手，打的他馬不停蹄。』又云：『則你那赤瓦不剌強嘴兀自說兵機。』……卽如西廂中，四邊靜云：『若能够湯他一湯，倒與人消災障。』小梁州云：『鶻伶淥老不尋常。』……諸曲文詞，亦非雅人口吻。王元美以挂金索一支爲佳，殊非公允。是故知元人以本色見長，方可追論流別也。……自實甫繼解元之後，創爲研鍊豔冶之詞；而關漢卿以雄肆易其赤幟。所作救風塵，玉鏡臺，謝天香諸劇，類皆奔放滉漾，跅弛以自喜。東籬則淸俊開宗；漢宮秋一種，臧晉叔以爲元劇之冠；論其風格，卓爾大家。自是三家鼎盛，矜式羣英。……嘗謂元人之詞，約分三類：喜豪放者，學關卿；工鍛鍊者，宗二甫；尙輕俊者，效東籬。……琵琶拜月，古今咸推聖手也。則誠以本色見長，而未嘗不事藻飾；君美以渾脫著譽，而間亦傷於庸俗。是以學則誠易失之腐，學君美易失之疎。……元代北曲南詞之風格，大體如是矣。』

由上以觀，北劇南戲，皆至元而大成也。王靜安宋元戲曲史謂：『其發達，亦至元代止。嗣是以後，明初雜劇，如谷子敬賈仲名輩，矜重典麗，尙似元代中葉之作。至仁宣間，而周憲王有燉，最以雜劇知名；其詞雖諧穩，然元人生氣，至是頓盡。此後唯王九思康海，皆以北曲擅長，而二人所作杜甫游春中山狼二劇，均鮮動人之處。徐渭之四聲猿，雖有佳處，然不逮元人遠甚。至明季如汪道昆陳與郊梁伯龍輩所作，蒐於盛明雜劇中者，亦無足觀。南戲亦然，明中葉以前，作者寥寥。至隆慶後始盛，而尤以沈璟湯顯祖爲巨擘。沈氏之詞，以合律稱；而其文則庸俗不足道。湯氏才思，誠一時之雋，然較之元人，顯有人工與自然之別。故謂北劇南戲，限於元代，非過爲苛論也。』

第三十二章　元曲與小說之關係

文藝進化之途徑，先有抒情詩，而後有敍事詩。抒情詩之目的，在表現主觀之情感；敍事詩則表現主觀之情感少，而敍述客觀之人物或事實多。至劇詩之發生，乃融合抒情與敍事二種以成；劇詩亦所以敍述客觀之人物或事實，而所敍述之人物，亦須各各描寫其主觀之表白；故須融合敍事抒情二種，而形成一種最複雜之形式。（本間久雄新文學概論說）此元代戲曲之發生，所以在中古詩歌詞賦發達之後也。劉毓盤中國文學史：『曲譜以氓之蚩蚩一章，謂專述一事而作，爲曲文之鼻祖。顧此猶男女相勉之詞也；若漢之廬江小吏妻詩，六朝木蘭詩，幷附述他人之語言以自成章法；在樂府爲別調，而實爲後人大套之開山，是也。』則以吾國敍事詩乃曲文之鼻祖。蓋元代之戲劇，乃由唐宋以來之滑稽戲，小說雜戲進化而來；故戲曲，小說，與敍事詩，三者最有密切關係。歐洲希臘荷馬詩，英國沙士比亞之戲劇等，後人往往依據之，以爲多種敍述之散文；此則證諸吾國文藝界，亦有同然者也。

吾國自宋元以來，戲曲與小說已成一種平行線之發展，而嘗互相助長者也。英陸克氏云『無小說卽無名戲劇；無戲劇卽不能表現名小說。』小說賴戲劇而後傳，戲劇亦賴小說而後盛；此種關係，證諸吾國宋元，明實最爲顯著者也。元明戲曲淵源於宋代而小說亦自宋始變更其發達之趨向。王國維宋元戲曲史：『小說之名，起於漢。……至唐而大盛今太平廣記所載，實集其成。然但爲著述上之事，與宋之小說無與焉；宋之小說，則不以著述爲事而以講演爲事。灌園耐得翁都城紀勝謂說話有四種：一、小說，一、說經，一、說參請，一、說史書；夢梁錄所載略同。……此種說話，以敍事爲主，與滑稽劇之但託故事者迴異。其發達之跡，雖略與戲曲平行，而後世戲劇之題目，多取諸此；其結構亦多依倣爲之；所以資戲劇之發達者，實不少也。』

吾國宋後戲曲與小說已成一種相輔而行之趨勢。若宋以前之著述小說，以唐代爲盛；其影響於元明戲曲者，亦甚大。如明張大和之紅拂記，出於虬髯客傳；元白仁甫之梧桐雨，明屠長卿之綵毫記，吳世美之驚鴻記，清洪昉思之長生殿，皆出於長恨歌傳；明梁伯龍之紅線記，出於紅線傳；陸天池之明珠記，出於劉無雙傳；梁伯龍之紅綃記，出於劍俠傳之紅綃；湯臨川之紫綃記，出於霍小玉傳；元石君寶之曲江池，明金懷玉之繡襦記，皆出於李娃傳；宋趙德麟之商調鼓子詞，金董解元之西廂搊彈詞，元王實甫之西廂記，皆出於會眞記；關漢卿之柳毅傳書，李好古之張生煮海，李笠翁之蜃中樓，皆出於柳毅傳。湯臨川之南柯記邯鄲記出於南柯記枕中記；元鄭德輝之倩女離魂，出於離魂記；元明戲劇之取材，多本於唐人小說。所當注意者，唐人以一篇敘事之傳記，元明人即分之爲數折，使成爲戲劇上之結構；傳奇或且演爲數十折。以一段故事而演成複雜之情節，宋後章回小說之發達，殆實與此等戲劇並行，而實互相助長者也。

元明小說最著者，如水滸傳三國演義等；而同時水滸三國等史劇，故事劇，異常盛行。例如金元曲目中有赤壁鏖兵，諸葛亮秋風五丈原等，元曲選又有隔江鬬智，連環計二種；此與三國演義之發生有關。他如黑旋風雙獻功等劇之於水滸傳，單鞭奪槊等之於隋唐演義，楚昭公等之於東周列國演義；凡此皆足證元明小說與戲劇，實爲平行線之發展也。

當明末淸初之間，更有一種彈詞小說發生，此實介於敘事詩，戲曲，小說三者之間，而淵源於西廂搊彈詞者也。如明楊升庵廿一史彈詞，歸玄恭萬古愁曲；又如天雨花，再生緣，英雄譜，玉釧緣，珍珠塔，白蛇傳，玉蜻蜓，梁山伯，百花台等，大都爲清代作品；常談男女私情，善惡果報等，而亦間有國家思想者，實具有歷史上之價値。且此等在一般社會上之潛勢力，亦至鉅。戲曲須備歌舞，敍事詩與小說僅供敍述，此種彈詞則重彈唱。蓋戲曲與小說發達之結果，必有介乎其間者從中發生；此亦足以明戲曲與小說之關係矣。

第三十三章　明清小說發達之由來及其派別

兩宋爲語體與散文發達時代；當時紀事文體，亦甚興盛。如新唐書，新五代史，資治通鑑，通鑑紀事本末，通志，太平寰宇記諸書，皆宋人作也。史書之發達，即足以促進小說之盛行；而宋人小說開後來之特別風氣者，尤在以講演代著述。王國維宋元戲曲史亦嘗言宋代小說發達情形：『灌園耐得翁都城紀勝，謂說話有四種：一、小說，一、說經，一、說參請，一、說史書；夢梁錄所紀略同。武林舊事所載諸色伎藝人中，有書會，有演史，有說經諢經，有小說。而都城紀勝夢梁錄，均謂小說人能以一朝一代故事，頃刻間提破，則演史與小說，自爲一類。此三書所記，皆南渡以後之事，而其源則發於宋初。高承事物紀原：仁宗時，市人有能談三國事者，或採其說，加緣飾作影人。東坡志林，王彭嘗云：「塗巷中小兒薄劣，爲其家所厭苦，輒與錢令聚坐聽說古話，至說三國事云云。」東京夢華錄所載京華伎藝，有霍四究說三分，尹常賣五代史；至南渡以後，有敷衍復華篇及中興兵將傳者，見於夢梁錄。此皆演史之類也。其無關史事者，則謂之小說。夢梁錄云：小說一名銀字兒，如烟粉，靈怪，傳奇，公案，朴刀，桿棒，發蹤參等事。則其體例，亦當與演史大略相同。今日所傳之五代平話，實演史之遺；宣和遺事，殆小說之遺也。』此足推見宋人對史事小說興趣之濃；而其說話之發達，實足以促語體文之流行。

宋代詩詞之語體化，已如上述。其用白話說理者，如程朱仿佛家說法爲語錄，其著例也。迨於胡元，以其崛起漠北，不諳文理；朝廷所下文告詞多鄙俚；若今所傳天寶宮聖旨碑文是也。卽史官載筆，或以鷄兒狗兒猪兒紀年；如今所傳元祕史略是也。通俗文學，更以發達。宋代諢詞小說，（諢者，笑語之意，卽以俗話體作小說也。）評話小說，（卽所謂「陶眞」）大都得豪奢粗俗之蒙人歡心；遂更以勃興。時人乃依據最流行之說話，聯貫編述之，於以成多種偉大之作品；此卽近代小說之淵源也。

案白話小說之起，當在唐宋以前。濟光緒中，燉煌石室，發見唐五代鈔本小說數種。其中如目連入地獄故事，現藏於京師圖書館；如唐太宗入冥記，秋胡小說等，現藏於倫敦博物館。其後有梁公九諫，爲唐人所作，見於士禮居叢書中；又有大宋宣和遺事，亦在其內。近今又有京本通俗小說，新編五代史平話，大唐三藏法師取經詩話等三種，陸續刊出；此等書，實爲後世三國演義隋唐演義西遊記等所祖法。是知白話小說之興起，早在唐宋間。惟至宋元以後，始暢行發達；此則可斷言者也。

所當問者，吾國小說何以大行發達於明清時代乎？舉其原因，可得四點；述之於下：

（一）受君主專制之反應也　明初屢興大獄，摧殘士氣；文人如宋濂高啓方孝孺輩，皆不得其死。清初康，雍，乾三朝，亦遞興文字之獄。君主猜防疑忌之念愈深，文人之筆墨愈受檢束。遂不得不假託隱語微詞，述已往之事實，溯治亂興廢之由，以期言者無罪，聞者足戒，而稍戢暴君專政於萬一。此明清小說之所以發達者一。

（二）對於當代摹擬文學之反應也　明代文風，大都注重摹擬工夫，甘爲古人臣僕，毫無獨得於其中。如李攀龍，王世貞，唐順之，歸有光等，對於前代詩文，其所趨向之途徑或有異，而要之以摹擬剽竊爲能事，沿襲前人爲指歸。摹擬之病，使自身毫無創造；於是不得不另闢一境界，以爲其放縱才智之地。此小說之所以發達者，二也。

（三）對於八股興盛之反應也　明清以制義取士，其意非以網羅一代之鴻儒碩學也；蓋欲牢籠天下之才士，受我馳驅，以戢其風雲之志。然恬淡之士，自不爲其所誘引；狂放之才，自不爲其所羈束；而科舉失意者，亦無所發洩其憤懣。於是不得不有以抒其心胸，洩其才學者，小說亦一途徑也。此其三。

（四）對於社會紊亂之反應也　明清末季，政治紊亂之狀，殆不堪聞。如權奸之當國也，閹寺之專橫也，胥吏之害民也，官場之腐敗也，盜賊之充斥也，家庭之惡劣也，社會道德之喪失也；無不足以促吾人之反省。而英才傑出之士，當此舉世夢夢而我獨醒之世，更無以自白；於是發爲憤世嫉俗之語，詼諧詭奇之文，以洩其氣；或譏諷當時政俗，以鼓吹革命。此小說之所以發達者四也。

由上四因，是以明清小說之作，較前代爲豐富。明小說在藝文志上，列目一百二十七種；清典四庫全書，則以小說一類附入集部；其時小說之發達，可見一斑矣。

至論其派別，大約可分三期：

第一期，元明之間，爲歷史小說時期。此期以三國演義爲代表。如開闢演義，東周列國志，前漢演義，後漢演義，西晉演義，東晉演義，隋唐志傳諸書，皆出於三國演義之前後；此等大都承宋代五代史平話及宣和遺事而發達者。同時之水滸傳，亦帶有歷史意味。吾國社會上歷史觀念，大部賴此等書以輸入，則與平民知識，至有影響者也。

第二期，約在明中葉間，爲神怪小說時期。此期以西遊記爲代表。因歷史小說，頗不易出色；全依據歷史上事實，則易蹈於平實無趣；離開歷史事實，則流於荒誕不經。乃惟運其主觀之想像，雖其人物或得之史上，而全不顧史實。與西遊記同時出現稱四遊記者，尚有東遊記南遊記北遊記；在其前者，則有三遂平妖傳等書在其後者，則有封神傳，三寶太監西洋記演義等大都寫神仙鬼怪之奇幻事蹟。此蓋上承漢魏六朝之神祕小說而來者也。

第三期，起於明末，爲社會小說時期。淸代小說之最有價値者，當隸於此類。此期以紅樓夢儒林外史爲代表。以神怪小說多想像之談，不切於社會實際；於是矯其弊者，則以描寫社會上之實在人生。最早者當推金瓶梅，乃敍寫下流社會之人物。紅樓夢，則寫簪纓鉅族，兒女癡情，並隱刺政治與社會之不良。儒林外史則敍述當時文人陋習，及科舉制度之腐敗。其他如鏡花緣，品花寶鑑，花月痕，以及聊齋志異，閱微草堂筆記，子不語等書，雖仍帶有理想或神怪之色彩，而大都皆有社會問題之隱射。繼之者，如孽海花，官場現形記，老殘遊記，二十年目覩之怪現狀等書，其描寫種種社會之實情；讀之，卽足以起種種問題改革之心理；故亦可謂問題小說也。此期小說，或受歐洲寫實主義之影響；而當時政治與社會之紊亂，亦正足以供給其資料也。

第三十四章　近代戲曲小說與古文八股之關係

近代文學上，與戲曲小說同時演進者，別有古文八股二種。唐宋古文運動，自韓柳歐蘇起，迄於明歸有光，以太史公書爲法，嘗得其神理長於敍事散文。清初方苞劉大櫆承之，遂倡桐城派之義法。至姚鼐更光大其緒；其門弟子數輩，管同梅曾亮方東樹姚瑩等以相授受；桐城文章，遂廣被於海內。八股文者，應制科之一種體式也，一曰制義，又曰時文。其始源於王安石之經義，本以矯迂拘浮淺之習，而納之於先儒禮教之中；繼乃爲雄猜之主所利用，以覊縻海內人才。而一般人士不能求出身於他途，亦相率以迎合有司之意旨，而就厥軌範。自元仁宗延祐中定科舉考試；於是王克耘始造八比一法，名書義矜式。明太祖因而不革；滿清入關，復仍明舊，而程式更加嚴密。是古文學與八股乃同時平流而演進；而二者之發展，亦互有關係之點。試列舉如下：

（一）摹古之習氣相同也　唐順之答茅坤書云『唐宋以下文人，莫不語性命，談治道，滿紙炫然，一切自託於儒家。然非其涵養畜聚之素，非眞有一段千古不可磨滅之見。而景響勦說，蓋頭竊尾；如貧人借富人之衣，莊農作大賈之飾，極力裝做，醜態盡露。是以精光梏焉，而其言遂不久湮滅。』此言惟摹古人文詞之規矩程式，而不顧自身之理想與情致，徒有其形，而無其質；此古文與八股之同病也。林傳甲中國文學史論明代詞章誤於帖括，有云：『帖括程式既頒，驅天下讀書士子，咸就其範圍。兩漢六朝三唐之儷語，既不能用之於制藝；惟取鎔經義，自鑄偉詞而已。無如制藝之弊，泥古不通今；故知我魯我周，而不自知我爲何代人也。井田封建，治化最古；而大明一統志，大明會典大明六部則例，皆不曾寓目焉。一旦服官，用何術以爲治化乎？詞章家七子之流，亦染帖括泥古之習氣；官名地名，咸用古稱；晦盲不塞，幾欲句句加注。』此古文家摹古習氣，與八股相同者也。

（二）對於文章之見解相同也　章學誠文史通義古文十弊，箴砭當時批評家之失。其九曰：『古人文成法立，未嘗有定格也。傳人適如其人，述事適如其事；無定之中，有一定焉。知其意者，旦暮遇之；不知其意，襲其形貌，神勿肖也。……塾師講授四書文義，謂之時文，必有法度以合程式。而法度難以空言，則往往取譬以示蒙學。擬於房屋，則有所謂間架結構；擬於身體，則有所謂眉目筋節；擬於繪畫則有所謂點睛添毫；擬於形象則有所謂來龍結穴。隨時取譬然爲初學示法，亦自不得不然，無庸責也。惟時文結習深錮腸腑，進窺一切古書古文，皆此時文見解，動擇塾師啓蒙議論。則如用象棋枰布圍棋子，必不合矣。』足見當時一般古文評選家多采取時文見解也。

（三）八股之格式合於古文篇法也　古文中有一種排體文，通篇除間插少數散句外，自首至尾，其前後段結構及句法，皆相近似。如史記滑稽列傳，淳於髡答齊威王所以『飲一斗亦醉，一石亦醉』之故一段，及莊辛倖臣論，宋玉對楚王問之類。此種以排比爲特徵之文字，有排而不韻者，如對楚王問，倖臣論。排而兼韻者，如揚雄解嘲，韓愈進學解。又全篇只有一組同類之排比節段者，如倖臣論。有二或多組之排比節段，前後繼起者；後來八股文之格律，卽脫胎於此種文字；惟八股不用韻，而格式亦較嚴整耳。（本唐鉞國故新探詩與詩體說）是則八股原於古文也。王闓運云『八家之名，始於八股；其所宗者，韓也，其實乃起承轉合之法耳。』則又古文家之格律，與八股相通也。

由上三點，可知八股與古文同時演進。所謂『淸眞雅正，理法兼備；』八股之標準，不外古文家『神，理，氣，味，格，律，聲，色』八者之道也。是以明清兩代，有能八股而不能古文者，未有能古文而不能八股者。歸有光方苞之倫，爲古文宗匠，而同時又爲時文首領也。

古文出於八股，而八股乃淵源於曲劇，曲劇本於傳奇小說，此足明近代小說，戲曲與古文，八股之關係也。焦循易餘籥錄論之審矣。因錄其言如左：

『雲麓漫抄云：唐之舉人，先藉當世顯人，以姓名達之主司，然後以所業投獻；踰數日又投，謂之温卷，如幽怪錄傳奇等是也。蓋此等文備衆體，可以見史才，詩筆，議論。至進士則多以詩爲贄，今有唐詩數百種行於世者是也。』按此，則唐人傳奇小說，乃用以爲科舉之媒；此，金元曲劇之濫觴也。詩既變爲詞曲，遂以傳奇小說譜而演之，是爲樂府。雜劇又一變而爲八股，舍小說而用經書，屏幽怪而談理道，變曲牌而爲排比。此文亦可備衆體，史才，詩筆，議論。其破題，開講，卽引子也；提比，中比，後比，卽曲之套數也；夾入領題，出題，段落，卽賓白也。習之既久，忘其由來，莫不自詡爲聖賢立言；不知敷衍描摹，亦仍優孟之衣冠。至摹寫陽貨，王驩，太宰，司敗之口吻，敘述庾斯，抽矢，東郭，乞餘，曾何異傳奇之局段耶。而莊老釋氏之恉，文人藻繢之習，無不可入之；第借聖賢之口以出之耳。八股出於金元之曲，曲劇曲劇本於唐人之小說傳奇；而唐人之小說傳奇，爲士人求科第之温卷；緣迹而求，可知其本。」

『元人曲正旦正末唱，餘不唱。其爲正旦正末者，必取義夫貞婦，忠臣，孝子，厚德有道之人；他宵小市井，不得而干之。余謂八股入口氣，代其人論說，實原本於曲劇。而如陽貨臧倉等口氣之題，宜斷作，不宜代其口氣。吾見工八股者，作此種題文，竟不啻身爲孤裝邦老；甚至助爲訕謗口角，以逼肖爲能；自當以元曲之格爲法。』

蓋劇詩所以爲最複雜之形式者，以其一方爲敍述之文，一方又爲代言之體。故戲曲，小說，史才，詩筆，議論，各體無所不備。而竟由此以成八股；由劇詩而衍爲一種格式固定之散文；文詞之技巧，可謂達於極點矣。

第三十五章　中國過去文藝界之得失及今後之趨勢

吾國過去文藝變遷之迹，已如上述。其得歟？失歟？果所得何在？所失何在？誠難以二三語斷定之。顧近今一般論吾國舊文藝者，每欲以一言斥其偏弊。不失於籠統浮泛，終陷於誤會失實；或且以先入爲主，妄肆論斷；或有以隨波逐流，人云亦云；殊失所以明過去文藝之眞相。試一一辨正之：

（一）摹擬　世多以吾國文藝，偏於摹擬。文則曰，周秦曰漢魏；詩則曰，唐詩曰宋詩；莫不以古人爲步趨，而以得其神似爲能事。此誠吾國文藝界之失；然亦不可以一概論者。一種新文藝之產生，常含舊文藝之要素；而所謂舊文藝者，大都形式已固定。故非以摹倣爲一種手段，以把捉過去精華，誠不足以爲創造新文藝之憑藉與基礎。杜詩韓文，無一字無來歷；周淸眞詞，隱括唐人詩句；少陵所謂『轉益多師是汝師』也。誠能運摹倣於創造之中，即合於文藝史上連綿生長之自然關係；故非舊文藝有根柢者不足以言創造。此則可知摹擬固非絕對之失策也。

（二）專門　世又以爲吾國文藝，已成爲專門之形式；除近體小說外，如宋詞元曲，已非多數人所能享受者矣。蓋一種文藝之衰退，其形式日漸固定，格律日就嚴密，詞句日趨技巧；誠非一般人所能幾及。然此乃歷史上自然變化之結果，不足以爲舊文藝病也。且一代有一代之文藝。舊文藝之存於今者，已成爲專門化；而在當時固能風行一世。宋時柳詞，有井水處皆唱；元代北劇，披靡天下。卽以漢賦而論，三都賦成，洛陽紙貴。蓋當時注重小學，故宏博富麗之文，亦能爲多數人所領略也。則舊文藝之成爲專門化，各國莫不皆然；不足以爲吾國文藝病也。

（三）退化　更有以退化觀念評吾國文藝者，以爲漢魏不如周秦，唐宋不及漢魏，元明更不如唐宋。有江河日下之勢。蓋以摹倣心太重，惟守古人之範圍，不敢踰越；於是取法乎上，亦僅得乎中而已。然此乃據一方面以言者；歷史之演進，爲多方面的；有退於此者，或進於彼。四言詩衰於漢魏；然漢魏之所勝，誠不在四言詩。詩至宋元已衰；然宋元之所長，固不在詩。以古時之所勝，持較今人之所短，固未足引爲確論也。而吾國文藝之爲進化，葛洪抱朴子鈞世篇已論之矣：

『毛詩者，華采之辭也，然不及上林，羽獵，二京，三都之汪濊博富也。……若夫俱論宮室，而奚斯路寢之頌，何如王生之賦靈光乎？同說遊獵，而叔畋盧鈴之詩，何如相如之言上林乎？並美祭祀，而清廟雲漢之辭，何如郭氏南郊之豔乎？等稱征伐，而出車六月之作，何如陳琳武軍之壯乎？則舉條可以覺焉。』

則退化之說更不足引以爲吾國文藝病矣。

（四）應用　吾國自古文藝嘗以用之於政教；故每爲倫理所束縛，不能以大發展。詩經之溫柔敦厚故孔子以興，觀，羣，怨，事父事君；若離騷之憤世嫉俗，卽有不合經典之誚矣。至於社會寫實之作，則每以其有害風化而加禁止；詞曲小說則多斥爲小道；以不合其應世致用之目的也。此誠吾國舊文藝界之偏見。然文藝有社會性，雖不宜爲社會道德之直接教訓；而文人輕薄，誨淫誨盜，終非其目的所在。文藝之高尙者，終當以人類道德之自然陶冶爲指歸。故『士以氣質爲先，』『一爲文人便無足觀；』一方似爲鄙棄純文藝之心理，而他方乃足以保持文藝之眞正價值者也。則是文藝之應用於政教，亦不足以爲病。

總之歷史上演進之事實，終難論斷其絕對之價值。且一國有一國之地理民情，一代有一代之風氣特色；以彼之所長，持此之所短，終非公允之論也。而歷史之目的，不僅在估量過去之事實而已；將本其過去之經驗，以適應當代之潮流，而審定將來之趨勢也。西洋文藝之輸入，舊文藝之體製與思想，必受其變化；此固無可疑慮者。而當今時代潮流，大都由個人而趨向於社會，由少數人而傾重於多數人；故文藝之趨勢亦必以此爲方針。據吾觀察之結果，當可列舉爲以下數點：

（一）文藝之價值，趨重實質，而輕形式也。以供大多數人之領受，故不宜過重形式，使成爲固定或專門化。而欲藉以增進社會之高尚生活，故尤重在內容。

（二）文藝之目的，趨於表現，而不在娛樂。娛樂與表現，皆爲文藝成立之要素；然其進化也，常僅以娛樂爲一種手段，而以表現社會與人生爲究竟目的。故文藝之應用於大多數人也，固非酒邊燈下之酬唱，臨流登高之自娛已耳；必也有以促進社會之風化，故尤重於表現也。

（三）文藝之工具，趨於淺顯，而忌艱深。文學之趨向於社會，故文字以淺顯爲尙。此近代文藝之所以散文化與語體化；以與一般多數人之生活，漸次接近；此可證驗者也。

（四）文藝之體製，趨於戲曲小說，而不尙詩歌詞賦也。文藝體製之進化，其接受舊文藝之容量，必漸增進；其影響於社會之人數，必漸擴大。由抒情詩而敍事詩，而劇詩，而散體小說；此世界文藝進化之共同階段也。